紀行

我 的 旅 行 原 圖 卡　 世 界 遺 產 紀 行

黃永欽

INK
印刻出版

騎自行車出遊 1960 年攝

自序

1960 年 8 月 4 日郵政總局發行故宮古畫郵票第一輯全套
四枚,並聯合故宮博物院出版故宮古畫明信片,是台灣原
圖卡的肇始。各地郵局未積極宣傳、許多郵友未悉製造原
圖卡,將郵票粘貼在明信片書寫面,成為一無是處的廢
片,甚為可惜。此後十年間郵政總局和故宮博物院,郵票
發行搭配原圖卡約 53 套,以發行性質分類;古畫 31 套、
古物 20 套,蔣夫人山水畫 2 套、民俗 1 套,仍然未引起
郵友收集原圖卡的興趣。

原圖卡原文 maximum card,最早出現在 1932 年 8 月
比利時的《自由交換》雜誌上,查閱簡明英漢辭典
maximum 解釋:名詞,最大限度,最大數,《數學名詞》

極大。這些名詞郵政總局應該知道，摒棄不用而採取原圖卡為名，認為郵票圖案是故宮博物院珍藏的古畫古物貼在故宮博物院出版的原圖明信片上，蓋故宮郵局的日戳，叫原圖卡，實至名歸不二選擇。

追溯現存的古典片日期約在十九世紀末或二十世紀初，以吉薩金字塔古典片為例，是歐洲觀光客的傑作，尤其是來自法國。英國在 1867 至 1922 年之間控制埃及，此時地方安靜平和、商店生意興榮，旅客紛紛搭船過海，前來參觀古代七大奇觀—碩果僅存的吉薩金字塔，前來到開羅先給親友寫信報平安，紀念品店出售許多風景明信片，買幾枚吉薩明信片，花費不多，再去郵局購置郵票，剛好出售 1867 至 1903 年版的吉薩金字塔郵票，圖案是人面獅身的司芬克斯頭部雕像，背後有大金字塔，正好與風景明信片配成一對，靈機閃動，將郵票改貼在圖畫面，在書寫面貼郵票處註明「T.C.V.」，法文 Timbre côté vue 的縮書，意為郵票資費在圖案面，避免被郵務人員誤認欠資所耽擱。這種「T.C.V.」相似片，郵票小明信片大的紀念品，收信人接到時非常喜愛，如獲至寶，珍重收藏。目前吉薩古典片收集在集郵人士手中甚多，據筆者估計台灣一地將近二百枚，這些古典片所蓋郵戳，以亞歷山卓和塞德港最多，開羅反而稀少。最近郵刊報導發現吉薩戳，郵戳距離金字塔越來越近。

第二次世界大戰後，愛好原圖卡者愈來愈多，在歐洲蔚成風氣，起而組織原圖集郵社團，法國原圖集郵會首先在 1945 年 1 月創立。翌年德國在科隆成立原圖集郵俱樂部，同年美國也成立原圖卡協會，次年 12 月在紐約市舉辦第一次原圖卡展覽會。此後義大利成立於 1976 年，葡萄牙成立於 1978 年，巴西成立於 1979 年，瑞士成立於 1981 年，西班牙成立於 1983 年。目前全球擁有原圖卡社團大約有 80 餘單位。台灣遲至 1998 年成立，名稱曰中華原圖集郵協會，現有繳費會員 142 名，贊助會員 111 名。計畫每年

出版《中華原圖集郵》會刊四期，《原圖郵訊》12 期，並為會員代辦原圖卡，每年收到 40 多片，是組織健全的郵會。

筆者退休後於 1997 年，參加為創會會員。首先計畫收集台灣風景為專題郵集，查台灣郵票目錄有關風景約有 23 套、88 枚郵票，不足組成郵集，但可擴充為每展頁同郵票不同明信片，貼滿 80 展頁綽綽有餘，馬上著手執行，一方面向郵友求助購買有關原圖卡和風景明信片，另方面自製原圖卡，請求各地相關郵局加蓋日戳、局名和日期務必清晰明白、避免成為廢片。幸各地郵局充分配合，順利完成。展頁湊齊 80 展頁，初步分為四大類：1. 國家公園 25 頁，2. 自然風景 20 頁，3. 歷史古蹟 14 頁，4. 著名景點 20 頁；將郵集命名《台灣—美麗之島》，文字說明採用英文，參加翌年 10 月 7 日台南市郵學會主辦《2000 年全國郵展》，評審結果，獲得銀牌獎。

入會 15 年曾經旅遊美加、日韓及東南亞諸國，蒐集原圖卡、不遺餘力，陸續在會刊發表旅遊文章，約有 40 多篇，對參觀世界遺產特別有興趣；查聯合國教科文組織所認定世界遺產，截止 2012 年已達 936 所，包含文化遺產 725 所、自然遺產 183 所、和前二者複合遺產 28 所，越來越多。筆者選擇 20 篇出版，真是九牛一毛。出書前夕、特別感謝前編輯謝朝枝先生熱心幫助，錄下筆者拙作的磁片和圖片、謹此感謝。女兒文英百忙中負責排版，校對和出版的工作，勞心勞力，道聲謝謝，辛苦了。

黃永欽

2013 年 6 月 25 日

FORMOSA TAIWAN

1   玉山主峰
     銷 1998 年 2 月 21 日
     阿里山日戳

2 　日月潭
　　銷 1998 年 9 月 21 日
　　日月潭日戳

3 全臺首學
  銷 1998 年 6 月 15 日
  台南日戳

墾丁國家公園

4   鵝鑾鼻
       銷 1997 年 5 月 8 日
       墾丁日戳

目次

陝西 Shanxi

秦始皇陵墓

秦始皇陵墓在陝西省臨潼驪山，離西安 31.5 公里。公元
前 246 年秦王嬴政即位，開始營建陵園，前後長達 39 年。
始皇於公元前 210 年逝世，葬入地宮，陵園工程尚未完成。
據司馬遷史記秦始皇本紀云：「始皇初即位，穿冶酈山，
及并天下，天下徒送詣七十餘萬人，穿三泉，下銅而致槨，
宮觀百官，奇器珍怪徒臧滿之。」為營建陵園，動員全國
百姓和罪犯七十餘萬人，挖穿地下三層泉源，防堵地宮浸
水，規模之艱巨，建築之複雜，史無前例。

據文獻所載秦始皇陵墓的封土周圍，築有內外雙重垣牆，
呈南北向相互套合成回字形狀，外城南北長 2165 公尺，
東西寬 940 公尺，內城南北長 1355 公尺，東西寬 580 公尺，

在內城東北角另築小城，南北長 695 公尺，東西寬 330 公尺。外城四面各有一門，內城有六門，即東、西、南面各有一門，北面二門，和小城南面有一門，門上各築樓闕。封土頂部略平，遍植松柏，三層緩坡，氣勢宏偉。陵墓封土高度，據西漢時記載：「墳高五十餘丈」，按當時每尺 23 公分折算，大約 120 公尺高，巍峨高聳，壯觀無比。經過二千餘年歲月，風雨剝蝕，戰爭摧殘，至 1961 年國務院公佈，高度僅為 43 公尺，不及當時之一半。

秦始皇駕崩後，公子胡亥繼位為二世皇帝，行誅大臣和諸公子，倒行逆施，郡縣皆反，不到三年被丞相趙高令閻樂刺死。不久劉邦、項羽先後入關，項羽誅秦王子嬰，秦亡，坑殺秦軍，火燒咸陽，發掘始皇陵墓洩恨，縱兵掠奪陪葬物，據云三十萬大軍搬三十日而不能盡，又令搗毀建築物，焚燒墓園，成為焦土。

1974 年 3 月臨潼縣西楊村，距離秦始皇陵墓約 1.5 公里處，天旱村民挖井，掘到地下 4 公尺，挖出許多陶片，青銅箭頭，村民不在意，不久挖出猙獰陶製人頭，石破天驚，深埋地底二千餘年的兵馬俑，終於出土。

第一號東西長 230 公尺，南北寬 62 公尺，面積 14,260 平方公尺，挖掘六千餘件兵馬俑，數十輛戰車，武士俑包括鎧甲將軍俑，戰袍將軍俑，鎧甲軍吏俑，戰袍軍吏俑，鎧甲步兵俑，戰袍步兵俑，另有立射俑，跪射俑，車士俑等，平均身高 180 公分面各殊，馬俑四馬齊頭並立，身高 1.5 公尺，體長 2 公尺，身肥體健。

第二號在一號東北側約 20 公尺，狀似曲尺形，東西長 96 公尺，南北寬 84 公尺，面積 6,000 平方公尺，坑內陶俑陶馬二千餘件，木製戰車 89 乘，

集弩兵，步兵，車兵，騎兵所組成的特種軍團。

第三坑在一坑西北側 25 公尺，不規則的凹字形道，面積只有 300 平方公尺，坑前車馬房，兩側廂房，類似軍陣指揮佈置，車馬房有陶馬四匹，駕戰車，車上 4 件車士俑，南廂房有 40 件鎧甲武士俑，北廂房有相向列隊 22 件武士俑。

1978 年又在封土西側發掘銅車馬，離內城西垣約 40 公尺，發掘二乘銅車，八匹銅馬和二件銅御官俑。深埋在地下 7 公尺下的文物，已被土層壓碎。一號銅車馬破碎成三千餘片，二號銅車馬則破成一千五百餘片，經過專家修復，銅馬通體塗白色，雄壯肥碩，銅御官俑一站立，一跪坐，均穿戰袍，神態自然，只有實物之二分之一。

中國發行有關秦始皇的郵票有二套，1983 年 6 月 30 日發行兵馬俑郵票四枚和小型張一枚，復於 1990 年 6 月 20 日發行銅車馬郵票二枚和小型張一枚，茲將所集原圖卡說明於次：

（圖1）面值八分，圖案為一隊武士俑，首列戰袍將軍俑，後鎧甲軍吏俑和鎧甲步兵俑，明信片列鎧甲步兵俑四行縱隊，束髮凸起髮髻，偏右上方，秦人習俗尚右之故，腿扎綁腿，足登方口齊頭履，目視前方肅立，銷陝西臨潼秦俑館 1983 年 6 月 30 日首日戳。

（圖2）郵票面值八分，圖案戴武幘步兵俑頭部特寫，武幘是兵士所戴裹髮巾，用朱紅色布帛製，出土時尚存紅色。明信片上有三件鎧甲步兵俑上半身特寫，中央鎧甲軍吏俑，頭戴長冠，右側鎧甲步兵俑，頭梳扁髻，與郵票圖案同樣，左側戰袍步兵俑，頭梳圓髻。銷當地首日戳。

（圖3）郵票面值十分，圖案前列武幘的戰袍步兵俑，後列三匹戰馬齊頭並立，肌豐骨勁，形象逼真。明信片為坑內兵馬俑背面照片，前列四匹戰馬，昂首仰尾，後列鎧甲步兵俑一小隊。銷當地首日戳。

（圖4）郵票面值七十分，圖案為第一號坑兵馬俑全景。明信片也是坑內景，銷當地首日戳。

（圖5）小型張面值二元，圖案為鎧甲騎士俑牽馬俑側面特寫。馬背有鞍具，明信片與郵票相似，銷當地首日戳。

（圖6）郵票面值八分，圖案二號銅車馬的銅御官俑面部特寫，銅御官身高 51 公分，重 51.95 公斤，呈跪坐，身穿戰袍，頭戴切雲冠，神色從容。明信片銅御官雙手平舉作御馬狀，銷 1990 年 6 月 20 日，陝西臨潼二號銅車馬紀念首日戳。

（圖7）郵票面值五十分，圖案為銅馬頭部特寫，披掛金銀質絡頭，明信片

銅馬雄姿,但背無鞍具,頭亦無絡頭,身高 106 公分,體長 109 公分,雄健肥壯,銷當地首日戳。

(圖8) 小型張面值五元,票幅特大 12 公分乘 4 公分,圖案一號及二號銅車馬全景,明信片與郵票相同,一號銅車馬,車長 225 公分,高 152 公分,總重量 1,067 公斤,四匹銅馬並駕,絡頭具全,車上十字拱形傘座,插一長柄銅傘,傘下銅御官俑立姿,身高 92 公分,重 70.6 公斤,憑軾挽轡。二號銅車馬,車長 317 公分,高 106 公分,總重量 1,243 公斤,穹窿式車蓋和四壁車廂,車長 317 公分,高 106 公分,御官俑跪坐,身高 51 公分,重 51.95 公斤,右手執策,左手挽轡,四匹銅馬並立,絡頭具備。銷當地首日特戳。

1972 年聯合國教育科學文化組織,在第 17 次會議上通過保護世界文化與自然遺產的法案,建立世界遺產基金會委員會,1987 年通過秦始皇陵墓列為世界文化遺產。

2000 年 10 月第 5 期　中華原圖集郵會刊

1 戰袍將軍俑、鎧甲軍吏俑和鎧甲步兵俑
銷 1983 年 6 月 30 日
陝西臨潼秦俑館首日戳

2　　戴武幘步兵俑頭部特寫
銷 1983 年 6 月 30 日
陝西臨潼秦俑館首日戳

3　　戰袍步兵俑和戰馬陶像
　　　銷 1983 年 6 月 30 日
　　　陝西臨潼首日戳

4　第一坑兵馬俑全景
銷 1983 年 6 月 30 日
陝西臨潼秦俑館首日戳

5   鎧甲騎俑牽戰馬陶像特寫

          銷 1983 年 6 月 30 日

          陝西臨潼秦俑館首日戳

6　　二號銅車馬御官俑面部特寫
銷 1990 年 6 月 20 日
陝西臨潼二號銅車馬紀念首日戳

7　　二號銅馬頭部特寫
　　　銷 1990 年 6 月 20 日
　　　陝西臨潼秦俑館首日戳

秦始皇陵铜车马 　　中国人民邮政 5元

T.151.　　　　　　　　　　　　　　　　1990

8　　　一號、二號銅車馬全景
銷 1990 年 6 月 20 日
陝西臨潼首日特戳

蘇州 古典園林 Suzhou

◆

留園
拙政園

留園
Lingering Garden

留園在蘇州閶門外留園路上、始建於明嘉靖年間太僕徐泰時所築。原有東、西兩園，現僅存東園；西園劃歸為戒幢律寺園林。清乾隆年間園主易為兵備道劉恕，經修葺園內竹色清寒，波光澄碧，改名寒碧山莊，庶民卻稱劉園。劉氏愛石成癖，聚太湖石上品者多達十二峰，為園中造景。光緒初年園歸名醫盛康所有，重新擴建，更為華麗。因經歷兵燹後，此園獨存，取劉園之諧音而改稱留園。

留園地形狀似曲尺，建築佈局緊密，空間巧妙分隔，組成不同的景區，分中、東、西、北四區，門設在東側經長廊和二重小院，幾經轉折，從廊檐下花牆漏窗，隱約可見園中景色；中區為全園精華。進入明瑟樓，方見水石橫陳，花木扶疏，身置畫圖中。池中小島平橋，倒映樓台。池北築土為山，疊石為道，古木蔭翳。池西桂樹叢生，爬山廊至聞木樨香軒。池南有涵碧山莊為主的建築群，池東則有曲谿樓為主的建築群。東區以曲院迴廊見勝，林泉耆碩之館，五峰仙館。北側池塘邊佈置太湖奇石，冠雲峰為全園之冠，相傳為北宋花石綱舊物，高約九公尺，具瘦、皺、透、漏之妙。西區以自然風景為主體，堆土成崗，遍植楓樹成林，林中有三亭，山前小溪兩岸栽柳成蔭，有長廊直達小榭，崗上眺望遠借虎丘、天平、獅子諸山之勝。北區以田園擅長，有草堂遍栽桃杏，十足鄉村風味。

留園郵票發行於 1980 年 10 月 25 日，當時原圖卡尚未盛行，目前已無法集到首日戳。

郵票全套四枚以留園四季景觀為主軸：

◉ 春到曲谿樓面值八分，圖案為曲谿樓全景，水岸點飾太湖石和花叢；明信片上海人民美術出版社發行，**蘇州留園、曲谿樓**，銷 1980 年 12 月 15 日江蘇蘇州八支戳（圖 1）

◉ 遠翠閣之夏，面值八分，圖案為曲徑通往自在處，左側遠翠閣全景，點綴太湖石數座，右側濠濮亭；明信片上海人民美術出版社發行，**蘇州留園、遠翠閣**，銷 1989 年 1 月 10 日江蘇蘇州八支戳（圖 2）。

◉ 涵碧山房秋色，面值十分，圖案為涵碧山房全景，秋色正濃；明信片北京外文出版社發行，**蘇州留園、明瑟樓和綠蔭軒**，銷 1985 年 10 月 25 日江蘇蘇州八支戳（圖 3）。

◉ 冠雲峰晴雪，面值六十分，圖案為太湖石冠雲峰居中，背景林泉耆碩之館為主的建築群，屋頂積雪；明信片上海人民美術出版社發行，**蘇州留園、冠雲峰**，銷 1987 年 10 月 9 日江蘇蘇州留園風景戳（圖 4）。

1　　留園・曲谿樓
　　　銷 1980 年 12 月 15 日
　　　江蘇蘇州八支戳

2　　留園・遠翠閣
　　　銷 1989 年 1 月 10 日
　　　江蘇蘇州八支戳

3 　　留園・明瑟樓 綠蔭軒
　　　銷 1985 年 10 月 25 日
　　　江蘇蘇州八支戳

4　　留園·冠雲峰
　　　銷 1987 年 10 月 9 日
　　　蘇州留園風景戳

拙政園
Humble Administrator's Garden

拙政園在蘇州婁門內東北街上，始建於明正德八年御史王獻臣所構，原地
為大弘寺，王氏因受誣陷而解職，歸隱蘇州。拙政二字來自西晉潘岳閑居
賦：「此亦拙之為政也。」引為名焉。四百多年來園屢易主人，或為私園，
或為官衙，同治十年太平天國攻占蘇州，李秀成進駐，改為忠王府。且多
次改建，園名亦有更迭，歷盡滄桑。至清末形成東部的歸田園居，西部的
補園和中部的拙政園主要部份，面積約二十畝，初建時園多隙地，積水其
中，稍加浚治，高者為山，低者為池，水面占園三分之一，狹長水道，彎
環曲岸，臨水樓台，浮波橋樑，具江南水鄉特色。

拙政園分中、西兩部，中部為全園主要景區，由南側蘭雪堂進入，經曲折
夾巷，假山屏蔽，循遊廊繞水，至遠香堂豁然開朗，水面廣闊浩淼，花木
環繞，荷花廳四面長窗透空，庭柱在外，是明朝建築風格，環覽窗外景
色，猶如長幅畫卷，美不勝收。

東南隅雲牆內枇杷園，自成院落有亭曰嘉賓，遍植枇杷樹。過花牆進入海
棠春塢，花映木承，一片幽靜，再進至梧竹幽居。轉渡曲橋登兩島，島上
有長方形雪香雲蔚亭及八角形荷風四面亭，看對岸遠香堂、倚玉軒、香洲
石舫，臨波搖曳。

入西北角緩步石徑，上見山樓，窺全園景色。西南隅有廊橋小飛虹，橫跨
水上，分隔空間形成水院小滄浪。西部以三十六鴛鴦館為主體，館為方
形，中間用隔扇與挂落，分為南北兩廳：北半廳即三十六鴛鴦館，南半廳

稱十八曼陀羅館，並在四隅各建耳室。

東側長廊通浮翠閣，水綠山碧，藍天一色。再進至倒影樓。西側水廊通留聽閣，風吹荷葉，靜中有韻。館東疊石為山，築宜兩亭，宜兩二字，信手拈來皆成妙諦，既可俯瞰景物，又可相互借景，隔岸與倒影為對景。

拙政園郵票於 1984 年 6 月 30 日發行，此時原圖卡盛行，如雨後春筍，但首日郵戳得來不易，全套四枚：

● 宜兩亭前望倒影樓，面值八分，圖案為宜兩亭側迴廊直達倒影樓，請細看水面上一座石幢。明信片同票異版有二：

一、北京外文出版社發行，蘇州園林：拙政園水廊，（南端宜兩亭及石幢），銷 1984 年 6 月 30 日蘇州拙政園首日戳（圖 5）。
二、上海人民美術出版社發行，蘇州園林：拙政園長廊（北端倒影樓），銷 1984 年 6 月 30 日蘇州局首日特戳（圖 6）。

5　　拙政園水廊
　　　銷 1984 年 6 月 30 日
　　　蘇州拙政園首日戳

6　　拙政園長廊
　　　銷 1984 年 6 月 30 日
　　　蘇州拙政園首日特戳

◉ 枇杷園景物，面值八分，圖案為枇杷園雲牆下月門，嘉賓亭和軒台等建築物。明信片蘇州郵電局發行：拙政園枇杷園，銷蘇州拙政園首日特戳（圖7）。

◉ 小滄浪水院，面值十分，圖案為廊橋及水院，明信片北京外文出版社發行，蘇州園林：小飛虹，銷蘇州局首日戳（圖8）。

◉ 遠香堂與倚玉軒，面值七十分，圖案為遠香堂在前，倚玉軒殿後。

明信片同票異版有二：

一、北京外文出版社發行，蘇州園林：遠香堂，銷蘇州拙政園首日特戳（圖9）。

二、上海人民美術出版社發行，蘇州園林：拙政園倚玉軒，銷蘇州一支首日戳（圖10）。

蘇州古典園林於 1997 年列入世界遺產。

2001 年 6 月第 6 期 中華原圖集郵會刊

7　　拙政園枇杷園
銷 1984 年 6 月 30 日
蘇州拙政園首日特戳

8   小飛虹
     銷 1984 年 6 月 20 日
     蘇州局首日戳

9　　　　遠香堂
　　　　銷 1984 年 6 月 30 日
　　　　蘇州拙政園首日特戳

10　　拙政園倚玉軒
　　　銷 1984 年 6 月 30 日
　　　蘇州一支首日戳

周口店北京猿人遺址

北京
Beijing

周口店距離北京西南方 51 公里，地界於平原與山地間，其東南方是華北大平原，西北方即太行山餘脈的丘陵地帶，周口河在西側由北而南流過。丘陵名叫龍骨山，村民在此挖掘動物的化石，拿去藥舖賣錢，化石人稱龍骨，中藥藥材，因而有此山名。

1891 年荷蘭軍醫杜布瓦在爪哇島蘇羅河畔挖掘發現似人類頭蓋骨的化石，學者認為約在五十萬年前的直立猿人。此消息盛傳於各國，但大都學者主張人類始祖出生於亞洲大陸。

1922 年瑞典地質學家安德森，由政府聘請到北京工作，

四年後在周口店遺址挖掘到人類牙齒的化石。隔年與協和醫院醫師布拉克合作，申請美國洛克斐勒基金會補助，共同挖掘周口店洞穴。經過二年毫無成果，1927 年中國學者斐文中參加挖掘工作，在新挖掘洞穴發現完整頭蓋骨化石，收穫至大。1934 年布拉克急病去世。基金會另派學者魏敦瑞主持挖掘工作。魏敦瑞是猶太裔美國人，研究人類化石的傑出學者。經過十年挖掘，計獲得五具完整頭蓋骨，許多下巴骨、手骨、腳骨等等，牙齒多達 150 枚，有充足資料支持研究工作。據說北京猿人比爪哇直立猿人早二十萬年。1939 年日軍侵華，挖掘工作停止，魏敦瑞留在北京研究，第二次世界大戰前回美國。北京猿人裝箱避難美國大使館，計畫運出國外，搬上火車，適大戰爆發，列車遭日軍扣押，從此北京猿人神祕失蹤。戰後尋其下落，已無信息。1949 年再度挖掘，有很大的收穫，手下無法取得資訊，不再贅言。

茲將收集二枚同票異片的原圖卡，分述於次：

周口店北京猿人遺址
Peking Man Zhoukoudian Site

龍骨山高約 70 公尺，山頂洞內發現了三個保存相當完整的頭骨。山上草木稀少，為保護遺址，遍栽樹木，不再是光禿禿的丘陵。1953 年設中國猿人產地陳列室，按照地質年代及動物演化過程展示。銷 1995 年 8 月 24日風景戳，戳上文字：周口店北京猿人遺址，北京房山周口店（支）二行，上端刻北京猿人復原頭像（圖 1）。

北京猿人頭部復原
Homo Erectus Pekinensis Forensic Facial Reconstruction

根據魏敦瑞研究，類人猿和現代人每塊骨頭截然不同，有連帶而明顯的結構上特徵。類人猿的腦蓋較小而臉部較大，顎骨粗大向外突出，臉部位於腦殼的前方，腦容量僅 415CC，只有現代人的三分之一弱。洞內發現許多動物的化石，有鹿、羚羊、象、犀牛等，主要以狩獵為主，另發現舉火的痕跡，堆積的灰燼變成黑色土塊，已知用火為食。

銷 1992 年 12 月 2 日，北京房山周口店（支）文字戳。

中國大陸於 1991 年 8 月 2 日發行第十三屆國際第四紀研究聯合會大會紀念郵票，面值 20 分，圖案中央為北京猿人頭部復原像，背景為冰河期的雪山，左上角為長毛象和犀牛。查第四紀包括最新世和現世，大約六十萬年至一百萬年前的後冰河期（圖 2）。

2001 年 10 月第 21 期 原圖郵訊

1 周口店北京猿人遺址
  銷 1996 年 8 月 24 日
  風景戳

2　　北京猿人頭部復原
銷 1992 年 12 月 2 日
北京房山周口店（支）
文字戳

澳門 Macao 歷史城區

澳門位於珠江三角洲西側，與東側香港互為犄角，南連南海、北以關閘為界，與珠海經濟特區接壤。西元 1513 年葡萄牙船隊抵達南海，北上珠江與中國進行貿易，計畫與明朝政府訂約未果，直至 1533 年取得貿易許可，設立商館，進行大規模交易，並且獨占中國和日本對歐洲的貿易；同時受羅馬教皇命令，修建天主教堂和修道院，以澳門為基地，向兩國住民宣揚天主教福音，使貧瘠的小漁港成為富裕的商港。1887 年澳門當局趁管制由香港進口的鴉片貿易之機，獲清朝政府的租約，淪為殖民地。1999 年租約屆滿回歸中國。四百多年來中西文化的交流，澳門城市成為獨特的景觀。

2005 年澳門歷史城區獲准登錄為世界文化遺產。依據世界遺產委員會 2005 年 2 月頒發新版本準則六項遴選標準，澳門歷史城區得四項文化價值，略述如次：第二項展示一定時期文化區域內建築，城鎮規劃方面的重要價值。第三項現存的文化傳統提供獨特的見證。第四項展示多種文化的傳統人類居住地的突出範例。第六項特殊意義的事件有實質的聯繫。早期澳門城市規劃，遵循葡萄牙傳統的海濱城市配置，選擇在山地丘陵上，高處教堂、觀瞻宏偉，有利信眾的向心力和宗教的活動；防禦堡壘佈建在山頂，易守難攻，不僅防制海盜搶劫，而且嚇阻外敵侵擾。

澳門歷史城區集中在半島範圍內，南起媽閣山，北至白鴿巢前地，西靠內港碼頭，東至東望洋山，中西特色的建築計 22 所和毗鄰前地（廣場）6 處。

茲從南至北，從西至東，説明於下：

媽閣廟
A-Ma Temple

位於半島西南海角媽閣山麓，1488 年閩南漁民修建廟宇，奉祀天妃，俗稱媽祖。1553 年葡萄牙商船遠航至中國，在媽閣廟前登陸，船員詢問當地住民，此地何名，答曰媽閣。遂將媽閣當做澳門的地名，葡萄牙語 macao 由此而來。一百多年來媽閣廟建築群遍佈海隅，計有山門、牌坊、正殿、弘仁殿和山門右側正覺禪林，修建於不同時期。

山門
Temple Gate

（圖1）四柱三樓、花崗石造牌樓，綠琉璃瓦頂，屋脊飾瓷製寶珠和鰲魚，兩端上翹，門楣刻「媽閣廟」三大字，門聯曰：德周化宇；澤潤生民。碑坊三間四柱沖天式，花崗石造，柱頭各有蹲式石獅，前面鑴「南國波恬」；背面鑴「詹頊亭」，是正殿名稱，石造正殿門額「神州第一」，門聯曰：瑞石靈基古；新宮聖祀崇。詹頊亭由石殿與拜亭構造。弘仁殿座落在山腰上，鋪綠琉璃瓦，前為歇山卷棚頂，後為重簷廡殿式，仿木磚石結構，主體磚石砌築，占地僅三平方公尺，門楣刻有「弘仁殿」，門聯曰：聖德流光莆田福曜；神山挺秀鏡海恩波。相傳為廟群中最古老的建築。

正覺禪林
Zhengjiao Chanlin (Buddhist Pavilion)

（圖2）位於山門右側，由神殿與靜修區構成，神殿面闊三間，進深三間，硬山頂鋪琉璃瓦，屋脊有脊飾及瓷製寶珠，兩邊防火山牆，頂部為金字形，是閩南建築風格。神殿前有內院，內院內兩側有側廊，上覆卷棚式屋頂。內院前有仿碑坊式前牆，四柱三樓琉璃瓦，脊飾和寶珠，兩端上翹，瓦下有三層象徵斗拱的花飾，朱紅色的牆面中央開圓形窗洞，上刻「萬派歸宗」四大字，兩側石柱聯曰：春風靜，秋水明，貢士波臣知中國有聖人，伊母也力；海日紅，江天碧，樓船鳥艘涉大川如平地，唯德之休。

1 媽閣廟‧山門
   銷 1999 年 12 月 20 日
   澳門特別區成立首日紀念戳

2　媽閣廟・正覺禪林・洋帆船
　銷 2005 年 7 月 16 日
　澳門世界遺產首日紀念戳

港務局
Capitania dos Portos

位於媽閣廟北側，媽閣斜巷前段，建於 1873 年為保護港區安全，從葡屬
印度果阿抽調回教傭兵所建軍營，當地人稱摩囉兵營。1905 年撤營改為
港務局。地基建在花崗石高台上（圖 3）。整體長 67.5 公尺，寬 37 公尺長
方形建築，中央為二層外，三面外側為一層，築有寬四公尺混合回教式和
印度式的尖拱螺旋柱洞，計有 30 間的迴廊，柱間各飾三葉紋圖案浮雕，
女兒牆上作雉碟式設計，鮮黃色的外牆白色花紋線條，顯露獨特的伊斯蘭
建築風格。

3 　 港務局
　 　 銷 1984 年 5 月 18 日
　 　 澳門建築專輯首日紀念戳
　 　 （葡文）

亞婆井前地
Largo do Lilau

位於媽閣斜巷北段，與龍頭左巷交接處，從港務局爬上一小段山坡路，就
到阿婆井前地。阿婆井在小廣場東南角落，早已改為歐式水池，打開水龍
頭便流出清水。早期葡萄牙人聚居此地，房屋大多二層葡式結構，紅瓦斜
屋頂綠色百葉木窗，外牆刷白色、粉紅色或淡黃色，濃厚的南歐風格，加
上殖民地色彩（圖4）。

4 　 亞婆井前地
銷 2008 年 7 月 31 日
澳門世界遺產首日紀念戳

鄭家大屋
Casa da Cheang

位於亞婆井前地西邊，龍頭左巷 10 號，建於 1881 年，主人鄭文瑞為人樂善好施，曾經多次籌款賑災，被清廷封為榮祿大夫。**鄭家大屋** (圖 5) 占地約四千平方公尺，臨巷大門入口向東北，門樓二層，門徑鋪花崗石，直通院內花園和大屋。主體建築是兩座並列的四合院和僕人住房組成。大屋正門朝西北，主要房屋分為二層和三層，花崗石地基，坡屋頂灰瓦，青磚砌牆，廳堂設在前段二樓，後段為僕人住房，高一層，局部採用平屋頂。鄭家大屋主要採用嶺南傳統建築，但部分細作卻用西式或外來的裝飾手法，體現中西合璧的特色。

5 鄭家大屋
銷 2005 年 7 月 16 日
澳門世界遺產首日紀念戳

聖老楞佐教堂

Igreja de São Lourenço

位於風順街，與聖約瑟修院和聖奧斯定教堂鼎立於崗頂小山上，坐北朝南。初建於 1558 至 1560 年，曾經多次重建，最近整修於 1952 年，主祀聖老楞佐，是天主教的航海保護神，故又稱風順堂。教堂建造在高處花崗岩平台上，左右兩邊石階與外面街道連接，立面分為三部分，中央三角形山花高 16.5 公尺，中間飾橢圓形徽記；兩側為三層鐘樓，高 21 公尺，右樓裝大時鐘，左樓置大銅鐘，上層三長窗，下層為出入門。屬新古典主義建築風格（圖6）。

6 　聖老楞佐教堂
　　銷 1984 年 5 月 18 日
　　澳門建築專輯首日紀念戳
　　（葡文）

聖若瑟修院及聖堂
Igreja e Seminário de São José

修院大門在崗頂前地，始建於 1728 年。羅馬教廷在遠東傳播天主教所建立的耶穌會修院，門牆外設有小亭奉祀聖母像，供人參拜。院內包括修院大樓，花園和教堂。大樓結構初為二層，現已加建三層，中式瓦頂，青磚砌成寬厚的牆身，屹立在花崗石基礎上。修院不對外開放。

教堂大門開在三巴仔橫街，創建於 1758 年，為獻給聖若瑟而建。因同是耶穌會的聖保祿教堂，俗稱「大三巴」，聖若瑟教堂規模較小，也被稱作「三巴仔」。教堂在寬闊的花崗石階 54 級上（圖7），教堂立面水平三段式設計，寬 24.6 公尺，外牆粉刷鮮黃色，各段倚牆浮柱的頂部，柱身及檐部多重式的白線條勾勒，中央三角山花飾耶穌會徽章，兩側塔樓對稱，高 19 公尺，屋頂圓穹直徑 12.5 公尺，雄偉華麗，具立體變化，是典型的巴洛克式風格。

7   聖若瑟修聖堂
     銷 2005 年 7 月 16 日
     澳門世界遺產首日紀念戳

崗頂劇院
Teatro de Pedro

位於崗頂前地後側，與聖奧斯定教堂隔街為鄰，原名聖伯多祿五世劇院，紀念葡萄牙國王伯多祿五世，集資興建的西洋歌劇院，寬 22 公尺，長 41.5 公尺，中式斜坡屋頂高 12 公尺，立面羅馬式圓拱門廊三開間，外設八根愛奧尼克式倚柱，高約 8 公尺，靠龍嵩正街外牆一排半圓拱落地長窗，整棟牆面粉刷淺綠色，倚柱、窗戶和線腳以白色勾勒襯托，不僅賦予立體感，且色彩簡潔明白，是中國境內第一座歐式劇院（圖 8）。

8　　崗頂劇院
　　　銷 1984 年 8 月 12 日
　　　澳門建築專輯首日紀念戳
　　　（葡文）

何東圖書館
Macao Central Library

位於崗頂前地旁，左右與聖若瑟修院和聖奧斯定教堂為鄰，原為葡萄牙人官也夫人的豪華私宅，1918 年由香港富商何東爵士購得做為別墅。1955年何東爵士逝世，遺囑指定此棟洋樓，贈與澳門政府，1957 年成立何東圖書館，翌年 8 月正式對外開放。三層洋樓（圖9）一樓有走廊，二、三樓為內廊，立面六開間拱券式，券間牆設有壁柱，採用愛奧尼克式，外牆粉刷鮮黃色，壁柱、券線、檐口等漆白色線條。一樓藏書室及閱報室，二樓古籍藏書室及閱覽室，三樓多媒體視聽室。前庭茂樹濃蔭，供遊人休憩，後院假山水池，戶外遊廊和涼亭，提供學生自修之用。近年在主樓與後院間增建四層新樓，採用玻璃帷幕和金屬支架等建材築成，擴充收藏圖書之需。

9   何東圖書館
銷 2010 年 7 月 15 日
澳門世界遺產 崗頂前地
首日紀念戳

聖奧斯定教堂

Igreja de São Agostinho

位於崗頂前地，對面崗頂劇院為鄰，由西班牙奧斯定修士於 1591 年創建，
初建時簡陋木屋覆蓋蒲葵葉，每當大風吹起，葉片隨風飛揚，宛如龍鬚豎
起，居民暱稱「龍鬚廟」。其後奧斯定會修士撤回菲律賓馬尼拉，由耶穌
會修士接手，1874 年重建，教堂磚木結構（圖 10）。斜坡式屋頂，立面三
段式設計，採用文藝復興年代風格，上方三角形山花，中央壁龕原供奉聖
母像（今已撤回菲律賓），上層為三樘落地窗，下層正門兩側古典石柱，
上有門楣裝飾，牆身粉刷鮮黃色，木窗墨綠色，用白色刷線腳和呈渦捲狀
的窗框花紋。教堂後面有鐘樓。

MACAU - Church of ST. Augusting

聖奧斯汀堂 - 澳門

10   聖奧斯定教堂
      銷 2006 年 9 月 13 日
      澳門街道首日紀念戳

民政總署

Instituto para os Assuntos Civicos e Municipais

位於新馬路 163 號，面臨議事亭前地，前身為市政廳，葡萄牙人進駐澳門後，即引進西方城市的理念，在熱鬧的街區附近，設置市政管理機構，初建於 1583 年，重修多次一直未遷移，目前建築是 1940 年重修，立面具文藝復興風格，頂部為三角形山花，中央市徽圖紋，下鑲有葡萄牙文「LEAL SENADO」，意即「至忠議會」，葡萄牙國王頒授榮譽、表彰澳門政府在西班牙佔領期間，照常升起國旗的忠貞表現，回歸大陸後才改為「民政總署」四字。二層開有三樘落地長窗，飾有三角形窗楣，外側露台用鐵欄杆相連，基層大門，門框飾以花崗石的多立克式壁柱，兩側各有窗洞，比例合適，色彩純樸 (圖 11)。

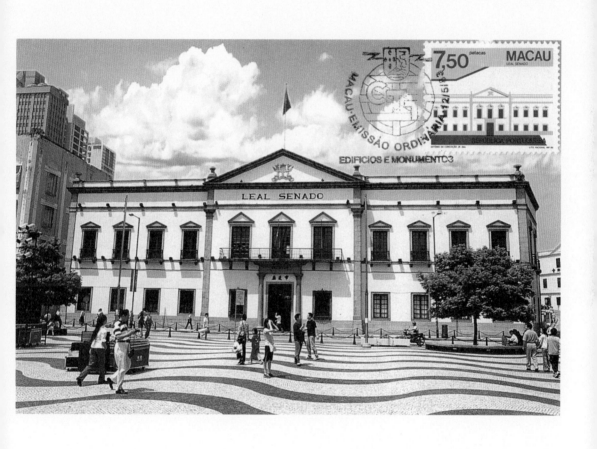

11 　民政總署
　　銷 1983 年 5 月 12 日
　　澳門建築專輯首日紀念戳
　　（葡文）

議事亭前地

Largo do Senado

位於新馬路旁民政總署對面，是澳門的城市核心。大約建於 18 世紀末葉，
總面積約 3800 平方公尺，呈漏斗形前寬後窄，右側郵電局和仁慈堂，左
側三層帶有騎樓的歐式商樓，包括澳門旅遊局，建築風格互異，各有設計
特色（圖 12）。1970 年增建現代化的噴水池（圖 13）。1993 年整修地面，來
自葡萄牙碎石子，鋪成黑白兩色相間，呈現波浪圖案，每當夜幕低垂，燈
光閃灼，照亮四周樓宇，廣場充滿著南歐風韻，彷彿置身在異國街市。

12　　議事亭前地　商樓
　　　銷 1995 年 6 月 24 日
　　　議事亭前地首日紀念戳
　　　(葡文)

13　　議事亭前地　噴水池
　　　銷 1995 年 6 月 24 日
　　　議事亭前地首日紀念戳
　　　(葡文)

三街會館
Som Koi Vul Kun Temple

位於議事亭前地，近營地大街。會館成立於何年已不可考，此地為澳門昔日繁榮街區，名曰「榮寧坊」。根據會館大門右側有社壇，刻有「榮寧社」三字，聯曰：榮居康樂境；寧享太平年。其前福德祠柱聯曰：福因土而益厚；德配地以無疆。三街指營地大街、關前街和草堆街，此三街為舊時商業大街，中外商賈從事交易。會館組織是經營同一行業組成的社團，解決商務糾紛，穩定市場秩序的所在；進入二十世紀以後會館功能漸次沒落，會館終於變成廟宇，館內設置神龕，奉祀關帝聖君、財帛星君和太歲星君諸神，符合居民祈求公義、錢財和平安三願望。廟宇初建於 1792 年，重修於 1804 年，今日廟貌於 1834 年大修，二進三開間粵式廟宇（圖 14），青磚砌牆，木樑柱架構，墀頭上有彩繪和磚雕作品。

仁慈堂
Santa Casa da Misericórdia

位於議事亭前地右側，由首任主教耶穌會神父賈尼勞，創辦於 1569 年，延續葡萄牙聖母慈善會組織，在澳門地區辦理扶貧救難的工作。目前大樓於 1905 年重建，具新古典主義建築風格，分三段式設計，上下二層，中央三角形山花高 16 公尺，兩側女兒牆高 12.5 公尺，水平七開間拱券，中央三間，兩翼各二間，寬 22 公尺，採雙壁柱式裝飾，變化豐富，上層愛奧尼克式壁柱，中央為圓柱，兩側即方柱。下層克林斯式壁柱，中央為雙方柱兩側即圓柱，外牆刷白漆。壁柱作竹節特徵和裝飾線腳重疊，殊屬僅見，呈現明亮祥和的印象（圖 15）。

14　　三街會館
　　　銷 2008 年 7 月 31 日
　　　澳門世界遺產 首日紀念戳

15   仁慈堂
銷 1984 年 5 月 18 日
澳門建築專輯首日紀念戳
(葡文)

主教座堂
Catedral Igreja da Sé

位於議事堂前地東側小山丘。1575 年澳門設主教區，次年修建主教座堂，一度成為天主教在遠東的傳播中心，不僅管轄中國內陸，而且遠及日本。因為教堂奉祀聖彼得，是耶穌門徒之首，又是澳門天主教的中樞，居民稱為「大堂」。原教堂木構，坐南朝北，由多明厚會修士所建，數次修建，至 1937 年始用鋼筋水泥結構，正立面花崗石砌築，保持 17 世紀原貌（圖 16）。中央三角形山花，高約 12 公尺，兩側鐘樓對稱，右塔置銅鐘，左塔裝時鐘，高度均 13 公尺。上層落地窗三樘，下層拱券大門三座，簡樸而莊重，教堂右側是主教公署。

16 主教座堂
銷 2008 年 7 月 31 日
澳門世界遺產首日紀念戳

盧家大屋
Casa de Lou Kau

位於大堂巷七號，主教座堂後側。富商盧華紹先生的舊居，先生出身寒微，
由廣東新會移居澳門，成年後經營菸草、賽馬等事業起家，富甲一方。大
屋建於 1889 年，中式二樓木構，三間三進（圖 17），外牆厚青磚砌造，中
軸線透空，僅木隔屏阻隔，廳堂在左間，木雕神龕作工精緻，方磚鋪地，
房間包括主廳、寢室、廚房和置物間，左右前後有四間天井，以利採光和
通風，最為特色，嶺南風格的灰塑、磚雕、蚵殼片窗，還有中西混合式木
窗，西洋彩色玻璃窗和鐵鑄欄杆，是中西合璧的民居。

17   盧家大屋
銷 2008 年 7 月 31 日
澳門世界遺產首日紀念戳

玫瑰堂
Igreja de São Domingos

位於議事亭前地後方，多明厚會於 1587 年來澳門所建的天主堂。初建時
用樟木板搭建，又稱為「板樟堂」。教堂恭奉法蒂瑪聖母，是葡萄牙人最
崇拜之神，現在教堂於 1828 重建，面積約 1300 平方公尺。正立面上下分
四層，左右三部分，中央部分高 24 公尺，頂層三角形山花，鑲嵌多明厚
會徽章浮雕。三層四支科林斯式壁柱，柱間有橢圓形宗教圖記浮雕和兩邊
弧形扶壁。二層八支科林斯式壁柱，其上裝飾寶瓶形短柱，柱間開有三樘
落地窗，兩側窗稍小，裝飾半圓形窗楣，中間大窗以灰泥浮雕代替窗楣，
基層八支愛奧尼克式壁柱，柱間三座大門均以灰泥作門楣。外牆粉刷鮮黃
色，線條漆白色，高雅華麗，具南美巴西天主教堂慣用利卡式建築風格（圖
18）。

18　　玫瑰堂

銷 1983 年 6 月 12 日

澳門建築專輯首日紀念戳

（葡文）

大三巴牌坊（聖保祿教堂遺址）
Ruínas da Antiga Catedral de São Paulo

位於大炮台的小山腰上，此地是耶穌會紀念廣場。聖保祿教堂初建於 1580 年，1595 年及 1601 年二次失火焚燬，1602 年奠基，先由當地工匠施工，1609 年日本德川幕府下禁教令，追捕信徒，大批日本天主教徒逃亡澳門，加入工程行列，新教堂於 1637 年竣工，當時遠東規模最大的天主教堂，前有大台階直通山下街巷。1835 年 1 月又遭大火燒燬，僅餘前壁立面，至今屹立不搖，成為澳門的地標。「三巴」為葡文「聖保祿」的譯音，其花崗石立面形似牌坊，故名「大三巴牌坊」。

前壁雕塑豐富，多姿多采，融合東西方藝術的手法，詳列於次：前壁上下分五層，寬 23 公尺，高 25.5 公尺，頂層為三角形山花，中央一隻飛翔的銅鴿，象徵上帝聖神鑒臨，周圍星辰、月亮、太陽的浮雕圖案，代表上帝創造宇宙。四層中央耶穌聖龕，兩側有耶穌受難時刑具、十字架、釘子、荊棘頭冠等浮雕圖案，尾端各有弧形扶壁和球頂方尖柱。三層最具特徵，中央聖母聖龕，龕邊菊花圖案環繞，外側各有三位天使飛臨，造型互異，六支複合式壁柱分列兩側，左側柱間浮雕圖案依序為智能之樹，七頭怪龍上立聖母，旁書「聖母踏龍頭」中文五字，扶壁下中文標語「念死者無為罪」六字和骷髏圖案，右側柱間浮雕圖案依序為精神之泉、西洋帆船上立海星聖母。扶壁下中文標語「鬼是誘人為惡」六字和魔鬼圖案；左右外側各有兩支圓頭方尖柱，柱間女兒牆、牆各有張口獅頭的滴水。二層十支科林斯式壁柱，柱間開拱券式落地窗三樘，上有七朵玫瑰花浮雕作窗楣，中央窗戶柱間有棕櫚樹點綴，兩側窗戶間設有壁龕，供奉四位天主教聖人。基層十支愛奧尼克式壁柱，中央大門兩側各三支，門楣刻葡文「MATER DEI」浮雕，意為「天主之母」，兩側門左右各二支，上方刻耶穌會 IHS 長方形會徽浮雕（圖 19）。

19   大三巴牌坊
　　　 銷 1983 年 5 月 12 日
　　　 澳門建築專輯首日紀念戳
　　　（葡文）

哪吒廟
Ne-Jah Temple

位於大三巴後方，舊城牆遺址旁，廟內主神哪吒，中國神話－封神榜中托塔天王李靖的三公子，道教的護法神，具地方色彩的民間信仰，居民暱稱為「三太子」。廟宇初建於 1888 年，澳門回歸大陸前後的 1995 年及 2000 年，兩方政府重視出資整修，保存古貌，小巧玲瓏，寬僅 4.5 公尺，縱深 8.4 公尺，二進式設計，無天井，由門廊和正殿組成，門廊不砌牆，以黑色木製欄柵圍繞，木架上橫匾書「保民是賴」，石柱聯曰：何者是前身漫向太虛尋故我；吾神原直道敢生多事惑斯民。正殿進深 5 公尺，青磚砌牆，勾繪磚縫，歇山式屋頂，鋪筒瓦，屋脊裝飾瓷製寶珠和雙鰲魚，簡約樸實（圖 20）。

20　　哪吒廟
　　　銷 2008 年 7 月 31 日
　　　澳門世界遺產首日紀念戳

舊城牆遺址
Troço das Antigas Muralhas de Defesa

位於大三巴後方，哪吒廟右側。葡萄牙人入據澳門後曾多次要求築城，防海盜搶劫和外敵入侵，但明廷均不允許，並予以拆除，至 1617 年中才准築城，大炮台山麓城牆大約築於 1632 年以前，出現在澳門古地圖上，現存遺址牆身長 18.5 公尺，高 5.6 公尺，厚約 1.1 公尺，城牆材料用細石、泥沙、蚵殼、稻草逐層夯實而成（圖 21）。

21 舊城牆遺址
　　銷 2008 年 7 月 31 日
　　澳門世界遺產首日紀念戳

大炮台
Fortaleza do Monte

位於大三巴右側山丘上，現為澳門博物館。本名聖保祿炮台，居民多稱為大炮台，1616 年由耶穌會修士籌建，至 1626 年竣工，呈四方形，占地 1 萬平方公尺，護牆厚 3.7 公尺，在花崗石基礎上牆身夯土築造，牆高約 9 公尺，女兒牆高 2 公尺，四角各有碉堡，堡壘居高臨下，向西有內港延伸過來的城牆，向東南有城牆延伸至聖若奧堡壘，大炮台正好位於防禦線的核心，1622 年荷蘭船隊入侵澳門，大炮台發揮威力，轟退荷蘭兵船。目前炮台尚留大炮十多門 (圖 22)。山丘上古樹參天，綠蔭匝地，站在炮台上可以眺望市區景色和珠江拱北風光。

22 大炮台
    銷 2008 年 7 月 31 日
    澳門世界遺產首日紀念戳

聖安多尼教堂

Igreja de Santo António

位於白鴿巢公園前面小山丘上，初建於 1565 年，多次遭大火焚燬和颱風
摧殘而重建，現在教堂於 1875 年重建，石造結構，一主殿一鐘樓組成，
主殿面向西南，三層設計，中層開三樘落地窗，上有三角形窗楣，外有露
台和欄杆，下層設三座大門，上有門楣，頂層為三角形山花，屋頂三支
寶瓶飾物，中央壁內奉里斯本聖安東尼聖人，是天主教徒信仰的婚姻之
神，葡萄牙人婚禮多在此堂舉行，故又稱「花王堂」。鐘樓在左側三層設
計，四坡攢尖式屋頂，四隅和屋尖上有五支寶瓶飾物，為其他教堂所無（圖
23）。

23　　聖安多尼教堂
　　　銷 2008 年 7 月 31 日
　　　澳門世界遺產首日紀念戳

東方基金會
Casa Garden

位於白鴿巢公園旁，建於 1770 年，原為富商俾利拉的花園別墅，經多次
轉手，1885 年成為澳門政府產業，1960 年改作賈梅士博物館，對外開放，
1988 年閉館。翌年讓與東方基金會作澳門會址。目前建築仍然保留南歐
建築風格，但中央結構有改變。五開間由二層改為一層，兩翼二開間維持
一層，均為落地窗，前者拱券式，後者水平式。西班牙式的石板大台階，
直達門廊和大門，高大的門廊由兩根古羅馬式方柱支撐，氣派豪華。白色
的外牆，粉紅色的窗框，和墨綠色的百葉窗扇，加上前庭花壇改作水池，
顯得祥和寧靜（圖 24）。

24 　東方基金會
　　銷 1982 年 6 月 10 日
　　澳門建築專輯首日紀念戳
　　(葡文)

東望洋炮台(包括聖母雪地殿聖堂及燈塔)

Fortaleza da Guia

東望洋山位於半島東端，與西邊的西望山遙遙相對，海拔 93 公尺，是半島最高峰。由炮台、燈塔和聖堂三座古建築構成 (圖 25)。

炮台建於 1637 年，由荷蘭當年敗戰俘虜協助修建，占地約 800 平方公尺，多邊形的堡壘，花崗石砌牆高 6 公尺，炮台基地包括火藥庫、哨房、機械庫和軍用隧道，軍事禁區閒人莫進，直至 1976 年撤退，開放為觀光景點。

聖母雪地殿聖堂，1622 年建於城堡內，奉祀雪地聖母，長方形小教堂，寬 4.7 公尺，縱深 16 公尺，仿葡萄牙本土山村教堂建造。

燈塔在聖母雪地殿旁，建於 1864 年，紅頂白牆，圓筒形燈塔，高 13.5 公尺，內分四層，探射燈設在頂層，採用八面稜鏡組成，內置一個一千萬燭光的燈泡運作，強力的光柱可達 45 海哩。

澳門歷史城區尚有一處基督教墳場，迄今未曾發行相關郵票，本文從略。再者本篇能成文，特別感謝廣州郵友杜永凱先生，鼎力幫助供應澳門原圖卡。

2009 年 12 月第 21 期 中華原圖集郵會刊

25   東望洋炮台‧聖母雪地殿聖堂‧燈塔
銷 1983 年 5 月 12 日
澳門建築專輯首日紀念戳 (葡文)

奈良 古都
Nara

◆
法隆寺
東大寺
興福寺
春日大社
唐招提寺

西元八世紀初元明女皇即位後，鑒於藤原京地方太小，交通甚不便，又因佛教東傳，信眾驟增，亟待擴建寺院，舊都已不敷使用，決定遷移至奈良地方的平城京。模仿唐朝的長安規劃城市，呈棋盤狀南北 6 里，東西 4 里，在日本的關西地區呈現盛唐的威儀。

平城京歷經元明、元正、聖武、孝謙、淳仁、稱德、光仁、桓武八代天皇，其中孝謙女皇重祚改號稱德，實際祇有七位天皇。自西元 710 年起至 784 年止計 74 年，歷史上稱奈良時代。聖武天皇時期年號「天平」為代表，是佛教為中心的貴族文化，又稱為天平文化。

奈良膺選為世界文化遺產有二次，1993 年的法隆寺和 1998 年的奈良古都建築，包括東大寺、興福寺、春日大社、元興寺、藥師寺、唐招提寺、平城京跡。

今（公元 2005 ）年六月下旬前往日本參觀愛知萬國博覽會之便，專程訪問京都和奈良兩處古都，在回台灣前日，冒雨去位於奈良火車站後方，奈良中央郵局製得九枚原圖卡，茲依時秩介紹於次：

法隆寺
Horyu-Ji

位於奈良西郊斑鳩地區，推古十五年（西元 607 年）推古天皇病癒捐獻，由聖德太子獨力營建，佔地廣達 137,000 平方公尺，全寺共有四十餘座院舍，結構和技法仿效盛唐風格，恢弘簡潔，無與倫比。是全世界現存最古，最精緻的木構建築。依照位置區分為東西兩院，主要殿堂集中在西院，有中門、金堂、五重塔、大講堂和經藏。

從南大門進入中門，門額題「仁王門」，門側各有金剛力士巨像，兩邊接廻廊，內院金堂和五重塔並列。**金堂**（圖1）恭奉金銅釋迦三尊像，聖德太子所獻：右側金銅藥師如來坐像，用明天皇所獻，左側金銅阿彌陀佛如來坐像，皇后穴穗部間人所獻，堂內四角有須彌座，祀四大天王樟木像，以上雕像均為七世紀的作品，四周壁間彩繪佛教淨土，**諸位菩薩脇侍**（圖2）。五重塔高 31.5 公尺，唐朝四方型木塔，塔剎長 7 公尺，九層相輪和鈴鐺外懸掛鐮刀，甚為罕見，後方設置大講堂和經藏，是僧侶鑽研教義之所。

東院原為聖德太子舊居「斑鳩宮」所在，以夢殿為中心，八角圓堂建於天平十一年（西元 739 年），恭奉祕佛救世觀音像，傳說為聖德太子等身像，周圍安置聖觀音菩薩像，聖德太子孝養像，另有高僧遺像。夢殿包圍在廻廊中，瀰漫著神祕的氣氛。

1   法隆寺・金堂
    銷平成 17 年 7 月 4 日
    奈良中央局戳

2 　法隆寺・菩薩脇侍壁畫
銷平成 17 年 7 月 4 日
奈良中央局戳

東大寺
Todai-Ji

位於奈良公園東側，聖武天皇於天平十七年（西元 745 年）許願創建，六年後完工，盧舍那大佛次年開光點眼，受信眾崇拜，至今香火不絕。

從南大門進入是東大門的正門，高 25 公尺，雙層飛簷，技藝繁複，西側金剛力士像高達 8.4 公尺，由下向上觀瞻，頭身比例均勻，出自名匠作品，日本國內最大木雕佛像，面部表情一尊露眼張口，一尊細目閉嘴，生動逼真，栩栩如生。經過右側櫻樹園和鏡池，來到中門就看到大佛殿，又稱金堂（圖 3），殿宇雄偉，高 48 公尺，相當於 16 層大樓，寬 57 公尺，深 50 公尺，是世界最大的木構建築，殿內供奉盧舍那大佛銅像，高達 16.2 公尺，頭部長 4.8 公尺，重有 452 噸，慈眉善目，端坐在五十六瓣蓮花座上。

鐘樓右方山上有二月堂和三月堂。二月堂在山崖上，供奉十一面觀音菩薩像。堂前石階楓樹，秋天紅葉如花。三月堂（圖 4）是寺內現存最古老的佛堂，每年三月舉行法華會，又稱法華堂，堂內供奉不空羂索觀音菩薩像，日光菩薩像，月光菩薩像及四大明王像，均為西元七世紀雕像，左側植櫻花樹，初春花開最美。

3　　東大寺・金堂
　　　銷平成 17 年 7 月 4 日
　　　奈良中央局戳

4　　東大寺・三月堂
　　　銷平成 17 年 7 月 4 日
　　　奈良中央局戳

興福寺
Kohuku-Ji

位於奈良公園內，原是外戚藤原氏族的祈願寺，創建於天智朝八年（西元669年），初在山城國宇治郡山階，稱山階寺。天武朝又遷移至大和國高市郡，改稱坂寺，迨永銅三年（西元710年），又隨國都遷入平城京現址。

寺前猿澤池是興福寺的放生池。三重塔在寺西南角，四方型木塔，造型優美，後白河天皇的母后所建。金堂在寺中央，建於養老五年（西元714年），供奉釋迦像。北圓堂（圖5）在寺西北隅，六角造型攢尖頂，建於養老十二年（西元721年），供奉彌勒菩薩像。南圓堂在北圓堂前方，相隔一座花圃，造型相同，供奉不空羂索觀音菩薩像。東金堂在寺中央，建於天平二年（西元726年），聖武天皇所建。供奉藥師如來像，五重塔（圖六）在東金堂前方，光明皇后所建，塔高50.1公尺，四方型木塔，線條流暢，聳立於樹林頂端，懸浮空中作勢欲飛。昔時塔與堂有迴廊相連，象徵夫婦恩愛和樂無止境。

5   興福寺・北圓堂
         銷平成 17 年 7 月 4 日
         奈良中央局戳

6　　興福寺・五重塔
　　　銷平成 17 年 7 月 4 日
　　　奈良中央局戳

春日大社
Kosuga-Daisha

位於奈良公園南側，春日大社建於神護景雲二年（西元 768 年），外戚藤
原豪族所建的木構神道院，從公園朱紅色的一之鳥居開始，參拜道長達 1.5
公里，蔥翠的杉、松、樺的原生林，馴鹿（圖7）三三兩兩的棲息林間，不
怕遊客，悠悠自在。沿路有大小石燈籠，密密麻麻多達三千座，都是民間
團體捐獻，在二之鳥居前有神鹿銅像，紀念大社主神騎白鹿降臨。朱紅為
大社主色，紅門紅柱紅欄柵，由南門進入參拜殿，瞻仰中門（圖8）和主殿，
門前有四座紅色主燈籠，兩旁廻廊簷下懸掛銅製的吊燈籠，四圍都是無法
計數。

7   春日大社・馴鹿
　　銷平成 17 年 7 月 4 日
　　奈良中央風景戳

8　　春日大社・中門
　　　銷平成 17 年 7 月 4 日
　　　奈良中央局戳

唐招提寺

Toushodai-Ji

位於奈良南郊，原為平城京市區，天平三年（西元 759 年）唐朝高僧鑑真
上人所建。鑑真是揚州人，俗姓淳于，十四歲出家，二十一歲即登壇受
具足戒，專修戒律，在揚州開座講授大律，大疏和律鈔，精通三學三乘。
四十餘歲名聞大江南北，日本天皇慕名邀聘，特遣興福寺僧榮叡和普照二
人渡唐留學，苦修十年才敢去見鑑真，轉達前往日本宏揚佛法，傳授戒律，
鑑真欣然同意。東渡過程歷經十二年，遭受暴風雨和官廳禁令，備嘗萬難，
第四次出海遇狂風，船漂流到海南島，受瘴氣所害，視力減退終致失明，
此時鑑真已六十多歲，東渡之志彌堅。第五次出海有船隊結伴同行、海中
又遇颱風，主船遣唐使藤原清河漂流到越南，鑑真所搭副船却如願安抵日
本，真是皇天不負苦心人。尤其鑑真堅定的信心和淵厚的學問，受日本皇
室禮遇，尊為傳燈大法師，在東大寺大佛寺前築起戒壇、聖武上皇，光明
皇后，孝謙女皇都來受菩薩戒，滿朝文武官員五百多人相率受戒極一時之
盛。鑑真將近七十歲仍然不肯退休，隻眼雖盲，記憶力特強，不僅訂正佛
典，也兼藥方編纂，貢獻殊大，享年七十七歲圓寂。

唐招提寺主要建築有金堂和戒壇：金堂（圖9）大柱並列，四周廻廊，線條
簡麗明快，屋頂廣厚素樸，與中國寺院無異，戒壇中央圓型寶塔，是印度
佛塔風格。

9　　唐招提寺・金堂
　　　銷平成 17 年 7 月 4 日
　　　奈良中央局戳

京都 Kyoto

京都位於日本本州近畿地區的丹波高地，三面環山的盆地都市；東郊有東山諸峰和比叡山，北面有鞍馬山、貴船山、棧敷岳，西邊有嵐山為主的丘陵地。根據日本史籍所載，公元五世紀前後，漢人從朝鮮半島移住扶桑，有秦氏族人輾轉到此地墾拓，利用築堰技術，引桂川的水注入盆地，將荒蕪的原野變為沃土，成為主要農業地區。早期居民信仰神道，祈禳五穀豐登，被除瘟疫苦厄，建造若干老神社如八坂神社、北白川之天神、上鴨神社、下鴨神社等保留到今日，香火仍盛。

桓武天皇弘曆元年（公元 781 年）登基，從奈良的平城京遷都到山背國的長岡村，旋於弘曆十三年（公元 794 年）

再遷都平安京（即今之京都）。一切以中國唐朝都城－長安和洛陽為藍本。平安京的整體構造稍大於平城京，南北長 5,312 公尺，東西寬 4,570 公尺，中央有朱雀大道貫穿，寬達 35 公尺，分為左右兩京，皇城與官廳所佔位置，住家和商業區的劃分，棋盤街道的交橫等設計，都是長安洛陽的縮影，又日常用語中以京都比擬洛陽，京中稱「洛中」；郊外稱之「洛外」；進京者都說「上洛」，模仿到底。迄公元十九世紀德川幕府奉還大政，明治元年（公元 1868 年）睦仁天皇於 11 月 4 日從平安京出發，巡幸江戶幕府統治下的關東地區，26 日進入江戶城，將江戶改稱東京，定為國都。前後計算平安京為國都 1,074 年。

平安京建都伊始，深信精通地理風水的陰陽師，防備來自東北方位的惡煞，在比叡山營建延曆寺，祈求皇室久安，民心平穩，建置東西兩官寺在朱雀大路和羅城門兩側，現在僅存東寺，其正式名稱「救王護國寺」。並杜絕從平城京來的佛教徒惡勢力，下令寺廟禁建令，儘管如此，時過景遷，千年古都目前寺院多達一千五百餘所，神社二百餘所，京都有諺語形容寺院之多，隨便丟一個小石頭，都會打到寺院的屋頂，此言不虛。

公元 1994 年京都榮登聯合國教科文組織的「世界遺產名錄」，範圍甚廣：京都府有上賀茂神社、下鴨神社、救王護國寺、清水寺、仁和寺、醍醐寺。高山寺、西芳寺、天龍寺、鹿苑寺、慈照寺、龍安寺、西本願寺、二條城。大津市的延曆寺。宇治市的宇治上神社與平等院，計 17 所，對京都來說，可謂百中選一。

今（公元 2006）年度筆者再度赴京都，順利製成一批原圖卡。京都中央郵便局位於七條通的京都火車站廣場右側，有關京都世界遺產郵票發行於公元 2001 年間，分四輯發行小全張，每小全張有 10 枚建築和文物郵票，6 月 22 日發行上賀茂神社、下鴨神社、東寺、清水寺；8 月 23 日發行延曆寺、醍醐寺、仁和寺、平等院；12 月 21 日發行宇治上神社、高山寺、西芳寺、天龍寺、鹿苑寺；次年 2 月 22 日發行慈照寺、龍安寺、西本願寺、二條城。發行當年在台北南京西路的圓環郵市均有出售，至於風景明信片在牯嶺街一家集郵社，由大批的舊明信片中挑選，陸續購得一百多枚，其中有西芳寺的苔景七、八張，無一可用，因為郵票上註明院舍之所在，不敢造次。另上賀茂神社、醍醐寺和仁和寺明信片，均在參觀時在當地紀念品店購得，銷戳日期 6 月 21 日、23 日、26 日分三次銷京都局戳，僅平等院鳳凰堂在 22 日銷宇治局戳，茲分別說明於次：

上賀茂神社
Kamigamo Shrine

正式名稱：賀茂別雷神社，京都古老神社之一，位於賀茂川御茵橋附近，面積 660,000 平方公尺，社殿初建於天武天皇六年（公元 678 年），桓武天皇遷都平安京後，升格為國都守護神社，地位僅次於伊勢神宮，境內有四十多座大小殿宇。參拜道鋪陳細礫，通過一之鳥居（碑坊）和二之鳥居，社殿前有二堆圓錐立砂（圖1），居民深信神道教的撒齋砂能驅逐惡神和袚除不祥不淨之物。樓門和東西迴廊（圖2）寬永年間重建，昭和四十三年（公元 1968 年）又重修，煥然一新，入內有主殿和權殿。每年 5 月 5 日舉辦賀茂競馬；同月 15 日與下鴨神社合辦「葵祭」，是京都三大祭典之一。

1　　　上賀茂神社
　　　銷平成 18 年 6 月 23 日
　　　京都中央局戳

2   上賀茂神社・樓門和東西迴廊
銷平成 18 年 6 月 21 日
京都中央局戳

東寺
To-Ji

正式名稱：救王護國寺，桓武天皇建都所營造的官寺，初建於弘曆十五年（公元 796 年），文明十五年（公元 1486 年）應仁之亂被火焚燒，現存寺宇為豐臣秀吉所擴建，慶長八年（公元 1603 年）竣工，金堂主祀藥師如來佛坐像，光背有七尊化佛，台座周圍配十二神將和西侍。五位明王，復配六位天王。寺內東南角落五重塔（圖3），初建於天長三年（公元 826 年），屢毀於大火，現存佛塔是江戶幕府德川家光捐建，高 55 公尺，臨近京都火車站鐵路旁，成為京都的地標。

3　　東寺・五重塔
　　　銷平成 18 年 6 月 21 日
　　　京都中央局戳

清水寺
Kiyomizu-Dera

清水寺與金閣寺（鹿苑寺）和二條城被列為京都三大名勝，位於東山半山腰的懸崖上，初建於弘曆十七年（公元 798 年），原為漢裔坂上田村麻呂將軍的豪華宅邸改建佛堂，曾數度遭受火災，現存佛堂於公元 1633 年重建，仍然保持原貌，仁王門兩旁有一對犬石像，傳自朝鮮巨型犬類，能作獅子吼聲，登上西門，**三重塔**（圖 4）經過鐘樓、經堂、隨求堂，再經轟門、迴廊進入本堂，正名為大悲閣，奉祀十一面千手觀音像，有四十二臂，最上手臂舉在頭上。本堂構造寄棟式，高 18 公尺，正面 11 間（約 36 公尺），側面 7 間（約 30 公尺），橫跨懸崖上的**清水舞臺**（圖 5）與本堂相連，距谷底約五層樓高，由 139 根木柱縱橫支撐，不用鐵釘，只以接榫連結。走過西側迴廊，山邊有地藏堂，釋迦堂和阿彌陀堂。奧之院旁石階拾級下去，有音羽之瀧，冷冽的泉水潺潺流下，分成三股代表長青、健康、智慧，是寺名的來源，再往下走有一座子安塔。

4　　清水寺・三重塔
　　　銷平成 18 年 6 月 21 日
　　　京都中央局戳

5　　清水寺・清水舞臺
　　　銷平成 18 年 6 月 21 日
　　　京都中央局戳

延曆寺
Enryaku-Ji

延曆寺位於比叡山山頂，京都府與滋賀縣大津市接壤處，東側山下琵琶湖是日本最大湖泊。弘曆八年（公元 788 年）最澄上人在山上修練，創建佛寺，隨後成為守護平安京的官寺，面積廣達二千多公頃，全境有二百多座伽藍。東為延曆寺的中樞，有巴士中心往來西塔和橫川兩地，接送遊客。東塔的根本中堂於公元 1642 年重建，堂內不滅法燈經一千多年未曾熄滅，西邊大講堂奉祀大日如來像及歷來出身於比叡山各宗派的開山高僧像，隱藏在杉林門的二內堂（圖6），瀰漫著濃厚的修行氣氛。西塔位於比叡山西北方，以轉法輪堂為中心，供奉釋迦如來像，是最澄上人親手雕刻的，法相莊嚴。橫川位於比叡山北方，有橫川中堂。

6 　延暦寺・二內堂
銷平成 18 年 6 月 26 日
京都中央局戳

醍醐寺
Daigo -Ji

座落於山科地區東南側醍醐山麓，寺境分處山下山上兩處，始建於平安時代，開創以後有醍醐、朱雀、村上等三位天皇曾在此寺皈依。山下部分稱下醍醐，由總門進入右側有三寶院和庭園，建於永久三年（公元1115年），是僧侶修行之所，院內有彌勒堂、純淨觀、奧宸殿、唐門等，迴遊式庭園是大將軍豐臣秀吉親自設計的。下醍醐進入仁王門，左邊金堂、不動堂、大講堂、弁天堂，右邊五重塔（圖7），建於天曆五年（公元951年），塔前一株高大的枝垂櫻樹，春季花盛開時，垂枝粉紅的花串，襯映著古樸的樓層，非常華麗。由女人堂通往上醍醐，走山路需一小時，寺內有本堂、藥師堂，其旁靈泉源源不絕，稱醍醐水，是寺名的由來。

7　　醍醐寺・五重塔
　　銷平成 18 年 6 月 26 日
　　京都中央局戳

仁和寺

Zinwa-Ji

位於京都西北側龍安寺附近，仁和二年（公元886年）光孝天皇發願營建，歷來數位天皇退位後，遁入空門成為法皇，主持寺務退而不休，又前後有三十代的皇子親王繼任主持，與皇室關係密切，故有「御室御所」之稱。應仁之亂寺宇被燒毀，現存建築是江戶幕府德川家光於正保三年（公元1646年）重建。由二王門經表門，進入大玄門，有本坊、白書院、黑書院、宸殿（圖8）、御殿、靈明殿。前面南庭和北庭，白砂鋪地，用竹耙梳劃出線條作流水狀，築假山、掘水池，四周蒼松翠竹，景色殊勝。另有唐門及勒使門出入，後段寺區由中門進入，左側御室櫻樹成林，右側五重塔（圖9），櫻樹低矮高僅2公尺，垂枝離地約20公分，花開重瓣，春風吹動，花飛如雪。寺內有觀音堂、鐘樓、金堂、御影堂、經堂等。

8　　仁和寺・宸殿
　　銷平成 18 年 6 月 26 日
　　京都中央局戳

9　　　仁和寺・五重塔
　　　銷 平 成 18 年 6 月 26 日
　　　京都中央局戳

平等院
Byodo In

座落於宇治市宇治川橋畔，原為皇室外戚關白（輔佐天皇攝政官）藤原道長的莊院，永承七年（公元 1052 年）其子賴通，也是權傾一時的關白，改莊院為佛寺。當時平安貴族追求「末法思想」，將佛經中的西方極樂淨土再現於人間。院內阿彌陀堂，風格獨特，中堂屋脊分置一對金銅鳳凰展翅欲飛，故稱鳳凰堂 Hoo-Do（圖 10），正面 3 間含裳階寬 14.2 公尺，側面 2 間深約 11.8 公尺，入母造結構，左右翼廊各有 5 間，向前彎曲 3 間，中有方樓突出，優美明快，周圍阿字池環繞，池面映照鳳凰堂的倒影，如夢似幻，超凡出塵，美不勝收。堂中奉祀本尊阿爾陀如來坐像，高 2.5 公尺，螺髻細膩，法相圓滿，衣紋薄雕、線條流暢，係名佛雕師定朝晚年傑作。台座背光和華蓋，精雕細琢，一氣呵成，金碧瑰麗，令人讚賞。堂內白壁懸掛雲中供養菩薩像 52 尊，頭上光圈，坐姿像約 40 公分，立姿像約 87 公分，檜木一木雕刻，手奏琴、笙、琵琶、鼓、鉦、鞨鼓、笛、大鼓等樂器，或執蓮台、寶珠、旌幡、天蓋、各種法器，或舞姿、或合掌、或結印，無一類同。院中另有羅漢堂、不動堂、大書院、最勝院和觀音堂。園中松柏競翠，花叢處處修剪整齊，洲渚敷設礫石，池中小島架彎橋與平橋、小橋流水，詩情畫意，表現淨土庭園的特色。

10　　平等院・鳳凰堂
　　　銷平成 18 年 6 月 22 日
　　　宇治局戳

鹿苑寺
Rokuon-Ji

又稱金閣寺，公元 1394 年室町幕府大將軍足利義滿退休，在京都衣笠山
東麓營造北山殿，安養天年，至公元 1397 年完工。義滿逝世後遺令改建
禪室，金閣 Kinkaku（圖 11）建於鏡湖池畔，三層木構樓閣，一層寢殿打造，
奉祀阿彌陀佛，取名法水院。二層書院打造，奉祀觀音菩薩，取名潮音室，
三層禪宗佛殿式，取名究竟頂，屋頂有鳳凰來儀，二、三層貼純金箔，豪
華璀璨。冬季金閣（圖 12），白雪覆頂，池水結冰，另有雪柱金閣的景觀，
吸引人潮前來觀看。迴遊式庭園，滿山樹林蓊鬱，曲徑通幽，沿山徑有龍
門瀧和鯉魚石，象徵鯉躍龍門。又鏡湖池正如佛經中預言的七寶蓮池，寺
中有池，池中有島，象徵蓬萊仙島，盼望極樂世界降臨。

11   鹿苑寺・金閣寺
        銷平成 18 年 6 月 21 日
        京都中央局戳

KINKAKUJI TEMPLE　日本の四季

12　鹿苑寺・冬季金閣寺
　　銷平成 18 年 6 月 21 日
　　京都中央局戳

慈照寺
Jisho-Ji

又稱銀閣寺 Ginkaku-Ji，位於京都東山山麓，室町幕府大將軍足利義政退休後所建的東山殿，有別於其祖父義滿的北山殿。義政生平熱愛藝術、茶道、花道、戲劇、繪畫，無不精通，以致荒廢政事，各地百姓暴動，手下將領爭大位相互殺伐，結果引起應仁之亂，自公元 1467 年至 1477 年間爭戰不斷，京都遭受有史以來最慘烈的蹂躪，民居寺廟在爭奪中無一倖免，淪為廢墟。義政無力平定戰亂，在公元 1473 年辭去大將軍營造東山殿，工程未竟，將軍先逝，遺言捨為禪寺，以其法號慈照為寺名。**慈照寺**Jisho-Ji（圖 13），二層木構樓閣，建在錦鏡池東側，樸實無華，一層曰心空殿，二層曰潮音閣，奉祀觀音菩薩，東側東求堂，原為義政生前禮佛之所。庭園分成二部份，一為連繫銀閣寺和東求堂的錦鏡池為中心，一為別具匠心的**枯山水**（圖 14），空地上鋪陳白砂及白砂堆成的圓錐體，取名銀砂灘和向月台，用意在月明之夜，月光與白砂相互映照，一片銀白，借取大自然的光輝，甚為獨特。

13　　慈照寺
銷平成 18 年 6 月 21 日
京都中央局戳

14　　慈照寺・枯山水
　　　銷平成 18 年 6 月 21 日
　　　京都中央局戳

龍安寺
Ryoan-Ji

位於京都西北側金閣寺附近，創建於寶德二年（公元 1450 年），未久毀
於戰火，現存方丈本堂在慶長十一年（公元 1606 年）重建，龍安寺以枯
山水石庭聞名，其名曰虎負子之渡，庭長 30 公尺，深 10 公尺，外有築地
塀圍繞三面，大約 90 多坪，中置大小不一，形狀各異的石頭 15 塊，散落
庭中，此外空無一物。只有厚厚一層石礫，被竹耙梳成平行且整齊的波浪
線條，石礫象徵汪洋大海，波浪洶湧，石塊如島，不動如山（圖 15）。以小
空間象徵大自然，開風氣之先。

15　龍安寺枯山水石庭
　　銷平成 18 年 6 月 21 日
　　京都中央局戳

二條城

Nijo-Jo

江戶幕府初代大將軍德川家康，創建於慶長八年（公元 1603 年）位於京都市區二條通故名，隨後三代大將軍家光、為向後水尾天皇誇耀幕府的勢力再度擴建，目前尚存東大手門、北大手門、二之丸、本丸御殿和二之丸庭園，周圍城垣和護城河仍完整無缺，這是江戶幕府統治日本的政治權力中心。由東大手門進入，有唐門是唐破風造的雕花大門，**二之丸御殿**（圖16）大書院造，占地千餘坪，包括六棟房屋，其中大廣間，寬敞豪華，有名畫家狩野探幽的「松鷹圖」，室內絹裱屏門，精美絕倫。連結各房門的走廊是著名的「鶯張走廊」。行走地板上會發出鶯叫聲，防止刺客入侵。二之丸庭園，池中有島，島中有樹，迴遊式庭園。本丸殿在京都御所（皇宮），公元 1893 年遷移至此地，屬數寄屋造。

2006 年 12 月第 16 期 中華原圖集郵會刊

16   二條城‧二之丸御殿
       銷平成 18 年 6 月 21 日
       京都中央局戳

山陽新幹線上的世界遺產

日本 Japan

◆
姫路城
廣島和平公園
嚴島神社

日本本州東擁太平洋，西臨日本海。傳統上畫分五地區，由北至南：東北地方、關東地方、中部地方、近畿地方和中國地方。1993 年首先登錄為世界文化遺產的姫路城，隸屬近畿地方的兵庫縣姫路市，1996 年雙雙登錄為世界文化遺產的嚴島神社和廣島和平紀念公園，包括原子彈爆炸下圓頂廢墟，均隸屬中國地方的廣島縣廣島市和廿日市。

近畿地方管轄二府五縣，二府即京都府和大阪府。近畿顧名思義是連接天皇所居之地，京都自西元 794 年桓武天皇自奈良平城京遷至京都，改稱平安京，至西元 1868 年明治天皇遷都東京，歷經一千多年歲月，人文薈萃的千年

古都。東側滋賀縣擁有日本第一的琵琶湖，南臨奈良縣也是古都，自西元710 年至 784 年的國都，保存許多古代文化和佛教精華。西南邊大阪府，僅次於東京和橫濱二都市。西連兵庫縣，縣城神戶位於大阪灣西北面，與大阪合稱為阪神綜合工業區，以鋼鐵、機械、化工和紡織等產業聞名。另外二縣為擁有志摩半島的三重縣，和佔有紀伊半島面臨太平洋的和歌山縣。

本州尾端名為中國地方，南臨瀨戶內海，與四國島隔海相望，西臨九州島，為交通要衝，幕府廣設道路和驛站不遺餘力。往來附藩屬國咸便，猶如各國之中，故有此名，其義與中國大陸居天地之中異曲同工。昔時幕府稱藩屬為國，百姓旅途相遇互問故鄉何處，都説「國在何處」是一種敬語。中國地方管轄五縣，該區中央有山地橫貫稱中國山地，山之南稱陽、山之北稱陰，山陽自東而西有三縣：即岡山、廣島和山口；山陰由西至東有二縣：島根和鳥取。山陽終年多晴少雨，宜發展工業，以造船、水泥、煉油、鋼鐵、汽車和石化為主的綜合工業中心。山陰瀕臨日本海，冬季天寒多雪，田園宜佈種稻穀、栽培果樹，且沿海港灣多漁港，漁業至為發達。兩側山地水脈豐富、土壤含石灰質適宜牧草生長，宜畜養乳牛和肉牛。

山陽新幹線起站在新大阪，訖站是新下關，列車均經過姬路和廣島停車上下乘客。在新大阪站搭乘「光」號車至姬路站，車程約四十分左右，先參觀姬路城，來回費時三、四小時，再搭新幹線續往廣島過夜，翌日清晨去火車站前搭乘市區軌道電車，在原爆紀念館站下車，參觀和平紀念公園和

原爆資料館，中午回火車站搭乘山陽本線列車參觀嚴島神社，車程只需二十五分鐘，若搭電車可能需一小時，在宮島口站下車，轉乘渡輪前往宮島，船程僅十分鐘左右。

姬路城
Himeji-jō

走出火車站，前面有路名叫「大手前通」，筆直通往姬路城的正門「大手門」。佇立站前遠望姬路城白色的天守閣群，宛如白鷺昂首展翼、飛向青天，故有白鷺城之別稱。從車站到城門相距約一公里，徒步二十分鐘左右，大路寬約五十公尺，兩側人行道佔十多公尺，栽植高大的銀杏等路樹、蔭可蔽日，且陳列許多現代雕塑作品，兩旁商舖出售各種商品或紀念品，優雅大方，值得步行。

姬路城結構採取連立式平山城，獨具風格，包括大天守閣和三座小天守閣，彼此利用渡櫓（櫓為樓台）相連成為環狀。全城包含化粧櫓等 27 座渡櫓、15 座門，共計 74 棟建築群，均列為國寶。姬路城是扼山陽咽喉的要塞，往來京都必經之道，初建於西元 1346 年播磨豪族赤松則村的簡陋土寨，至西元 1577 年織田信長下令羽柴秀吉（後改名豐臣秀吉）攻佔西國，據此城為前進基地，積極擴建城郭，完城天守閣三層，迨德川家康統一日本後，其女婿池田輝政入封此地，西元 1601 年大規模增建，大天守閣 Tenshukaku 建成外觀五層、內部六層和地下一層，高達三十一公尺，主體由兩根直徑一公尺的大木柱所支撐。德川幕府初期開發白色防火塗料，姬路城天守閣牆壁和石垣均刷白色（圖 1）。

城郭依地勢分類有四種：山城、平山城、平城和水城。所謂平山城就是山麓的平坦部分，建置壕溝、石牆、碉堡等防禦工事，山丘部分佈建第二道石牆，開有許多圓型、三角型的槍眼和長方型的弓箭射口，天守閣上設落石裝置，利用石塊攻擊入侵的敵人。

1   姫路城・天守閣
銷平成 17 年 6 月 28 日
姫路風景戳

進入「大手門」，經過「三之丸庭園」（丸在城郭裡是具備戰鬥功能的獨立防區），園中遍植櫻樹一千多株，春季花開爛漫綺麗，步行約五分鐘到售票處，買門票進入「菱之門」參觀，沿路徑先看「西之丸」。遊客踏上階梯木板必須脫鞋，因為入、出口不在同處，鞋放在塑膠袋帶走，渡櫓長而彎曲，且隔開許多房間，走到尾端為「化粧櫓」，原來是德川秀忠的長女千姬的繡樓，在大阪城陷落時被勇士救出，改嫁本多忠刻，便終身生活在「化粧櫓」內。由樓梯走下來，向右走一段路，再看「二之丸」，這是城內第二重防禦區，穿梭於眾多「哈之門」編號門嵌，經過數處軍備渡櫓和石垣，終於踏入「禾之門」編號，不久進入「本丸」，登上大天守閣，閣內所有設備保存原貌，大廳陳列武士盔甲、刀劍、歷來使用的瓦片、瓦當和築城的文獻資料。通道上擺置各種兵器，登上六層頂，本是城主發施號令的指揮中心，如今人去樓空，只餘神龕祭祀地主神位。四百多年來姬路城未曾發生外來攻擊戰役，在第二次世界大戰幸運逃過美軍的轟炸，真是奇蹟。

廣島和平公園
Hiroshima Peace Memorial Park

西元 1945 年 8 月 6 日凌晨，一架美國 B-29 超級堡壘轟炸機，從馬里安納群島的提安尼島起飛，上午八時十五分飛臨廣島上空，飛航高度 9600 公尺，投下世上首枚原子彈，在 580 公尺高處引爆，發揮最大殺傷力，爆炸的震波比音速更快，僅僅三毫秒就擴散 3.6 公里外，市區建物頃刻夷為平地，只剩下斷壁殘瓦，爆炸剎時奪走七萬多人生命，五年內死於輻射達十三萬人。廣島市優越的地理特性，在日清甲午戰爭和日俄戰爭中，被選為「大本營」設立地點，二場大戰均獲勝利，是好戰鷹派的聖地。第二次世界大戰末期沖繩島淪陷後，負責「本土決戰」的第二總司令部所在，誓言戰到最後一兵一卒，是美軍投擲原子彈的不二目標。只見強光一閃，巨大火柱昇起超高溫原爆風，市區淪為地獄，烙下永恆的印記。9 日九州長崎又挨上一顆原子彈，15 日日本終於宣布無條件投降。

戰後廣島市在廢墟中重建，鑒於戰爭殘酷，在原子彈爆炸中心建立和平紀念公園，座落在元安川和本川河道交叉處，戰前是市區精華所在；戲院、餐廳和重要行政機關集中區，劃出十餘公頃土地為死難者建立公園。每年八月六日舉行盛大慰靈祭，邀請中央大員與祭、獻花、致悼辭，對原爆死難同胞表達哀悼。今年原爆 65 週年首次有美國、英國、俄國和法國派代表出席，總計 75 國家和地區代表參加紀念活動，美國駐日大使羅斯表明政府積極推動全球消滅核武的決心。

公園北邊在相生橋畔，原爆紀念館原是廣島縣獎勵館，建於西元 1915 年，由捷克籍建築師所設計的歐洲風格建築，在綠樹叢中掩護，奇蹟似地屹立

不塌，只剩下鋼筋鐵架的圓形穹頂，殘破的外壁吸人耳目，原封不動地保存（圖2），其後面壁上豎立十二公尺高的動員學徒慰靈塔，是協助軍需生產的六千名殉難學生，塔後牆上鐫刻來自全國三百七十二所學校的校名和學生人數，看過的遊客懷抱悲惻的心情在塔前低首默禱。

公園中分別建有不同團體的碑塔和雕塑，但公園中心的原爆慰靈碑 The Memorial Cenotaph（圖3）最引人注目，由純白大理石所塑造，覆蓋在馬鞍型的穹頂，簡潔純樸，嚴肅無比，供養十數萬罹難者的靈灰，碑下的鎮魂石上鐫刻日文的悼詞：「一切災難都已經過去了，靜靜地安息吧！」。另有「和平之燈」長年燃燒不熄，祈求世界和平，直到禁絕核武，燈才會熄滅。

「平和都市・広島」
爆心地
旧産業奨励館

THE INDUSTRIAL EXHIBITION HALL

大正三年に建築された産業奨励館の偉容は、世界最初の
原爆により一瞬にして数百の人命と共に哀れな残骸を止
め、当時の惨状を偲ばれる。

2   廣島和平公園
銷平成 17 年 6 月 27 日
廣島中央郵局日戳

3　　廣島和平公園・原爆慰靈碑
　　　銷平成 17 年 6 月 27 日
　　　廣島中央局風景戳

嚴島神社
Itsukushima Shinto Shrine

嚴島神社座落於廣島縣西南的廿日市所隸屬的宮島上,在搭渡輪航近宮島時可看到朱紅色的大鳥居(牌坊)在海上載沉載浮,那種艷麗的紅色是日本特有的顏色(圖4),大鳥居用木料嚴謹,以楠木本身重量屹立海上,高十六公尺、寬二十四公尺,退潮時可走近瞻望,據傳楠木採自九州的宮崎縣和四國的香川縣,防潮功能極佳,再配上防水朱漆,目前的大鳥居為第八代,已歷一百四十多年未曾倒塌。神社初建於西元 593 年,至西元 1412 年平清盛戮力經營始有今日規模,神社以本殿為中心,利用長達二百七十三公尺的曲折迴廊,連接拜殿、高舞台、平舞台、能舞台、反橋等所組成的建築群,設計採自傳統的「寢殿造」手法,是平安時代建築風格。神社建在海灣泥土上,漲潮時海水逐漸淹沒所有支撐的支柱,只留朱紅色的神社建築群飄浮在海上,宛如海上龍宮,華麗莊嚴,令人嘆為觀止,不愧為日本三景之一。島上聚集五百多頭野生梅花鹿,在街道或海濱遊蕩,不怕人,會主動走近遊客索取食物,甚為可愛。

2010 年 12 月第 23 期 中華原圖集郵會刊

備註:
平成元年為公元 1989 年
平成 17 年為公元 2005 年(即 1989 年加 17 再減 1 年)

4　　嚴島神社
　　　銷平成 17 年 6 月 27 日
　　　宮島風景戳

韓國 Korea

南韓之旅

◆

昌德宮建築群
李氏王朝宗廟
石窟庵和佛國寺
海印寺藏經殿
華城要塞

2001 年 10 月中、下旬旅遊南韓，天高氣爽、風和日麗，
正是旅行的好時節，目標鎖定參觀當地被列入世界遺產名
錄的古蹟。上網查看大韓民國的文化遺產計有五處，茲抄
錄如下：

1995 年登錄：慶州的石窟庵和佛國寺
　　　　　　　大邱的海印寺藏經殿
　　　　　　　首爾的李氏王朝宗廟
1997 年登錄：首爾的昌德宮建築群
　　　　　　　水原的華城要塞

行前做些準備工作，搜購旅遊圖書，得錦繡出版公司

1998 年出版的韓國錦繡旅遊指南，又得大陸地質出版社出版的韓國旅行圖冊，是遊覽長江三峽時，在廣州白雲機場轉機購得。另外購買一卷韓語錄音帶，學習簡易的會話，以便問路、找旅館、買車票之需。臨行前洽購飛機票稍為猶豫，較早起飛時段的泰國航空已售罄，只剩國泰航空可搭，抵達韓國仁川國際機場已近晚上九時。

隔日先去首爾郵政總局，購買有關古蹟郵票，以備沿路製原圖卡，總局在市區中心，首爾最熱鬧的明洞近在咫尺，局後百貨公司、餐廳、服飾店林立，是購物和美食的中心。總局面臨南大門路和盤浦路交會處，搭地下鐵八號藍線在會賢站下車，走上出入口郵政大廈就在眼前，一樓營業廳高軒開闊，郵務員不下百人，卻無一紙萬利的集郵部門，經查詢後方知設在五樓郵政博物館前，設有專櫃出售集郵郵票。偌大的高樓竟無電梯可搭，跟在一群當地小學生之後，連爬四段樓梯，只買到數套近期郵票，無關古蹟，心急如焚。下樓到會賢站地下街尋覓集郵店，果然有數家郵幣社，購得世界遺產郵票第一輯至第四輯和水原華城甕城。至於古蹟風景明信片不愁找不到，參觀古蹟時必能買到，安心地開始參觀行程。

昌德宮建築群
Changdeokgung

昌德宮在首爾市中心北側，朝鮮李氏王朝初期建造景福宮之後繼續建造的離宮，至第三代太宗王於 1405 年完工啟用，1592 年壬辰倭寇之亂，全部焚毀，1609 年重建，成為皇宮，現存大門曰敦化門，重檐彩繪，碩果獨存，中國式木結構，正殿曰仁政殿，雙層花崗石基座、雙層宮殿，高雅厚重，殿後有熙政堂和大造殿，均中國式木結構，正在整修中，未能窺看內部裝設。祕苑在宮後面積達二十萬平方公尺，苑內小丘起伏，蒼松翠柏，蓊鬱成林，苑中精華處以芙蓉池為中心，三面有可以舉辦華筵的芙蓉亭，觀賞錦鯉魚水門，和國王書房的宙合樓，造型各異，前行數百步，在苑中頂點建觀覽亭。出口處有新濬源殿和懿老殿，全程參觀費時一時半。由宮內女性導遊，身著傳統服裝率領沿途說明，口齒清晰，時帶詼諧，當場博得遊客哄堂。

昌德宮的風光明信片，正門旁紀念品供應處有出售，但未發行相關古蹟郵票，參觀後數日購得一枚訓民正音的郵票，紀念創造韓國文字的世宗王，圖案為訓民正音書頁和世宗王像，製得一枚世宗王原圖卡。

明信片則為世宗王上朝服裝（圖1）。

1　　昌德宮建築群・世宗王上朝服裝
　　　銷 2001 年 10 月 17 日
　　　首爾郵政總局英文日戳

李氏王朝宗廟
Jongmyo Shrine

宗廟在昌德宮前面，供奉朝鮮李氏王朝歷代國王和王妃神位，慎終追遠是儒家獨特的思想，王有宗廟，庶民各有宗祠，其建築和祭典充滿濃厚的儒家色彩。1394 年宗廟與初代王宮景福宮同步營建正殿；1421 年續建永寧殿，依照韓國風俗：左尊右卑。正殿左端第一室奉祀太祖李成桂和其太妃神位，右端第十九室奉祀純宗和王妃神位，正殿樸素無華，廟堂長度為韓國之最。永寧殿在右側，廟堂中央屋頂隆起四室奉祀開國四位國王和其王妃神位。自左至右奉祀十二位國王和其王妃神位，包括廢王和皇太子神位。宗廟大門日彰葉門，今已拆掉匾額，民間傳說葉字首筆「十十」、尾筆「八」，註定李氏王朝傳祚不超過二十八代國王，早露天機。

參觀寺時未見宗廟有紀念品供應處，無法買到古蹟明信片，直到數日後遊釜山時，在龍頭山公園釜山塔內紀念品店獲得一輯宗廟明信片，回到首爾製成二枚原圖卡 (圖 2、3)，郵票 1998 年 12 月 9 日發行，世界遺產第三輯，面額 170 圓，圖案為宗廟正殿全景，明信片正殿前廊特寫。面額 340 圓，圖案為宗廟祭典實況，右側雅樂演奏，有編鐘、鼓和橫笛等樂器，左側主祭官，按韓國每年五月第一個星期日舉行宗廟祭祀，是國家指定的無形文化遺產，身著朝鮮王朝時代服裝的文武百官，整齊列隊，國王盛裝出宮至宗廟的出蹕行列，和恭迎祖靈儀式，在雅樂聲中悉依古禮進行，隆重莊嚴。

2　　李氏王朝宗廟祭典儀式*
　　　銷 2001 年 10 月 23 日
　　　首爾郵政總局英文日戳

3　　李氏王朝宗廟
　　　銷 2001 年 10 月 23 日
　　　首爾郵政總局英文日戳

石窟庵和佛國寺
Seokguram Grotto and Bulguksa Temple

慶州距離漢城東南方 363 公里，鐵路和高速公路可達，自公元前 57 年至公元 935 年為新羅國首都。676 年兼併高句麗和百濟，統一朝鮮，吸收兩國文明，且學習中國唐朝的文化，融合為獨特的佛教藝術。高僧輩出，建造無數寺院和石塔，極一時之盛。

佛國寺和石窟庵在慶州郊外吐含山上，佛國寺座落在半山腰，而石窟庵在山頂，兩處古蹟有羊腸小徑相通，大約相距九公里，不同的建築造型，是新羅佛教藝術的真髓，是朝鮮佛教建築巔峰的代表作。

佛國寺初建於 528 年，原是一座精舍，751 年值第 23 代法興王在位，其宰相金大城大肆擴建為大寺院，其規模大於目前十倍。1592 年壬辰倭亂，木結構殿堂全部燒毀，現有建築是 1970 年復舊修建。入口經過一座碑坊，再經大王門，門內奉祀佛教護法的四大天王像，走過小橋曰般若，梵語意謂智慧之橋，來到佛國寺前，面臨兩處石造台階，一通往眾生所居的下界，象徵眾生平等；另一通往佛國淨土，象徵眾生透過修為可達極樂世界。右側石階由兩段階梯組成青雲橋和白雲橋，石階盡頭有紫霞門，接上大雄殿，殿內恭奉釋迦牟尼木雕像，左右彌勒菩薩和羯羅菩薩，其兩側為佛陀弟子迦葉和阿難像。

殿前兩座石塔，造型各異，右側多寶塔，精緻優美，左側釋迦塔，結構簡樸。殿后有無說殿，是僧侶聚集討論經典奧義之所。左側石階也是兩段階梯組成蓮花橋和七寶橋，石階盡頭有安養門，接上極樂殿，殿內恭奉阿爾

陀佛坐像，高 1.7 公尺銅鑄。無說殿後方山坡上有毘廬殿，殿內恭奉毘廬遮那佛，殿旁石級通往觀音殿，殿內恭奉觀世音菩薩。

石窟庵受佛教石窟藝術的影響，代表韓國石窟美術的佳作，其石窟非挖鑿岩石，而是先將石塊雕琢、疊砌組合，將土方掩埋栽種樹木，成為天衣無縫的石窟。宰相金大城於 751 年建造，石窟構造分為前室，通道和窟室組成，前室牆壁上左右各有四尊護法（即八部眾）浮雕，通道有仁王像和四大天王像浮雕，窟室拱頂圓形石室，中央蓮花月輪台座，高 1.8 公尺，上有釋迦牟尼坐像，高 3.4 公尺，寶相莊嚴，慈悲祥和，周圍牆面有菩薩和羅漢浮雕石板環繞，早期石窟庵每日黎明必開啟庵門，迎接從東海昇起的旭日光線，直射佛像前額寶石，相映生輝，是非常神奇的光景。佛國寺和石窟庵同時興建，有一段傳奇，據云金大城前世出身寒微，卻布施僧尼不落人後，轉世為宰相家，一日佛心甦醒，為前世父母建造石窟庵，為現世父母建造佛國寺，成就了莫大的功德。石窟庵已經禁止遊客參觀，以資保護古蹟，附近有仿石窟庵模型，以茲遊客參觀。

抵達慶州，馬上前往郵局製得三枚原圖卡，**佛國寺**（圖4），郵票 1997 年 12 月 9 日發行，世界遺產第一輯小全張面值 380 圓，圖案為佛國寺前殿。**石窟庵**（圖5、6），郵票同日發行，全套二枚，面值 170 圓，圖案為釋迦牟尼佛坐姿石像，明信片均來自慶州古蹟專輯，銷 2001 年 10 月 13 日慶州局英文日戳。

4　　佛國寺
　　　銷 2001 年 10 月 13 日
　　　慶州局英文日戳

5　　石窟庵
　　　銷 2001 年 10 月 13 日
　　　慶州局英文日戳

6 　 石窟庵
　　 銷 2001 年 10 月 13 日
　　 慶州局英文日戳

海印寺藏經殿
Haeinsa Temple (Tripitaka Koreana Woodblocks)

大邱距離首爾南方 297 公里，在慶州西側約 66 公里，自古是傳統藥材集散地，目前為現代紡織時裝的中心，擁有二百五十萬居民，繼首爾、釜山之後，韓國第三大城市。海印寺在伽椰山國家公園南麓，從大邱搭乘市外巴士均須一小時半，沿路楓葉艷紅，銀杏葉嬌黃，點綴山坡美不勝收。下車後順著白樺樹林蔭山道步行 30 分鐘，經過幾座碑坊來到山門，主殿大寂光殿居中，殿內恭奉毘盧遮那佛坐像。周圍有禪院、律院、經學院、堆雪堂、四雲堂、窮玄堂、應真殿、冥府殿、觀音殿等，屬佛教華嚴宗大叢林，著名的藏經殿建在向陽山坡上，木構平房每牆均有一小一大的木板窗，以利通風，庫內經板架一字排列，收納經版如書冊直立，上下架空，避免濕氣，甚符合科學原理。高麗王朝第 23 代高宗王，1236 年命令在江華島刻製大藏經，前後費時 16 年全部完成總數 81,258 塊。

寺內經書供應處，雖有出售各地風景明信片，但海印寺明信片卻獨缺藏經殿版片，無法製原圖卡，不無遺憾。1998 年 12 月 9 日發行世界遺產第二輯郵票，面值 170 圓，圖案為大藏經印版。面值 380 圓，圖案為藏經殿，背景為經版收藏木架。回到大邱在大街找遍書店仍未得此殿明信片，只好從缺。

華城要塞
Hwaseong Fortress

水原距離首爾南郊 30 公里，首爾地下鐵一號紅線可達水原火車站，是京
畿道道廳所在地。朝鮮李氏王朝第 22 代正祖王計劃從漢陽（今首爾）遷
都至水原，自 1794 年起動工，歷三年完工，城垣蜿蜒環繞東西兩側丘陵
上，城門四座，東名青龍門，南稱八達門，西為華西門，北號長安門。另
有水門一座名曰華虹門，有七個拱水道，城牆上蓋樓閣，剛中有柔，賞心
悅目，又對面城內高處內設一亭曰訪花隨柳亭，俯瞰水流，具詩情畫意，
徘徊不忍離去。守軍分設東西二營，各有將台、砲樓、兵舖、烽墩等四十
多座樓閣和營寨，城垣長 5.5 公里，城中平坦現已成繁華市街。華城完工
後，卻因正祖王去世，遷都計畫沒有實現。

1996 年 10 月 15 日發行華城二百週年紀念郵票一枚，圖案為八達門甕城
全景，水原在南北門各設觀光案內所，附近有多家紀念品店，購得一輯華
城風景明信片 20 枚，製得原圖卡一枚，銷 2001 年 10 月 24 日水原局英文
日戳（圖7）。

2003 年 6 月第 6 期 中華原圖集郵會刊

7   華城要塞・八達門甕城全景
銷 2001 年 10 月 24 日
水原局英文日戳

印尼 Indonesia

波羅浮屠
普蘭巴南

◆

波羅浮屠佛塔
普蘭巴南廟塔群

1998 年 5 月印尼大學生抗議蘇哈托總統連任，引起各地
動亂，我國政府緊急撤離台商，並禁制旅行社出團前往印
尼旅遊。眼看六月底華航促銷機票將屆，毅然決定獨自旅
遊印尼，參觀心儀已久的波羅浮屠佛塔及普蘭巴南廟群，
幸運地製成二處古蹟原圖卡。

茲介紹於次：

波羅浮屠佛塔

Borobudur

建於八世紀，未知何故被埋沒在泥土裏長達千餘年，至 1814 年被英國人
拉福爾氏發現，從密林中挖掘出來，被世人認定為世界七大奇觀之一。
1973 年聯合國教科文組織接手，展開全面挽救修復工程。基座正方型邊
長各 123 公尺，塔高 42 公尺，計十層，基礎層隱藏在地下，一層至五層
亦方型，迴廊兩邊欄杆和牆壁有 1460 框浮雕，描繪拉里塔狄雅聖書，本
生經及犍陀羅故事，內側牆壁浮雕上端排許多佛龕，奉祀石佛，每尊佛像
的手印皆不同。六層至八層為圓型，各有鐘型印度式石塔，六層 32 座，
七層 24 座，八層則 16 座，由石塊疊成鏤空狀，內奉祀石雕佛像，遊客只
能眼觀，伸手却不能觸及。全塔共有 504 尊石佛，依照羅盤方位設置，無
一重疊，九層為最上層，有直徑 9.9 公尺的大鐘塔，充滿和平寧靜的精神
世界。原圖卡所貼波羅浮屠郵票是票中票，紀念印尼郵票發行 130 周年，
圖繪上端波羅浮屠佛塔沐浴落日景色，紅霞滿天；下端分列三枚相關郵票，
左起荷蘭殖民地時期，日本佔領時期和印尼獨立所發行波羅浮屠郵票，有
全景，有局部特寫，包羅在一票之中，誠屬少見（圖 1、2）。

1　　波羅浮屠佛塔
　　　銷 1998 年 6 月 27 日
　　　日惹英文局戳

2　　波羅浮屠佛塔
　　　銷 1998 年 6 月 27 日
　　　日惹英文局戳

普蘭巴南廟塔群
Prambanan Complex

建於八、九世紀，共有大小塔廟群 237 座，奉祀印度教三神：濕婆，毗須奴和波羅門，塔廟大部已經崩塌，成為亂石廢墟。1937 年荷蘭殖民政府開始修復，獨立後已重組大小塔廟八座。正中央塔廟當地人稱洛羅‧宗格朗廟，最為高大宏偉，基座正方型，邊長各 34 公尺，塔高 47 公尺，朝東神龕奉濕婆，瑪哈德維石像，北側神龕奉祀德爾嘎石像，另側神龕奉祀幸福神衹─象頭人身石像，外牆有 41 框浮雕，描繪印度史詩─羅摩衍那故事，非常精緻。對面小塔廟是南迪牛神廟，奉祀濕婆神座騎─臥牛石像。南邊塔廟奉祀波羅門神石像，其四面頭損毀。對面小塔廟是安薩廟，內無石像，但知波羅門神座騎是天鵝故名。北邊塔廟奉祀毗須奴石像，對面小塔廟是伽魯達廟，奉祀毗須奴座騎─巨鷹。此外尚有二座小塔廟，在此六座塔廟之南北側，神龕無石像，祀奉何方神聖，學者未有結論。原圖卡所貼郵票是第一輯民間故事之一─洛羅‧宗格朗公主巧智騙過魔鬼，被魔鬼作法變成塔廟，圖案右側普蘭巴南塔廟群，右側濕婆德爾嘎神腳踩牛背像。（圖 3、4）

在印尼旅遊二週，歷爪哇的日惹和雅加達‧蘇門答臘的棉蘭和多巴湖。僅在日惹製成原圖卡，原因為相關郵票難求，人地生疏，踏破各地街道也找不到集郵社，郵局雖有集郵專櫃，只售近期郵票，所需郵票無法入手，令人扼腕。

1999 年 2 月第 2 期　原圖郵訊

3   普蘭巴南廟塔群
　　　銷 1998 年 6 月 27 日
　　　日惹英文局戳

4   普蘭巴南廟塔群
     銷 1998 年 6 月 27 日
     日惹英文局戳

印尼

Indonesia

談印尼原圖卡

◆

蘇門答臘虎
科摩羅大蜥蜴
布薩基寺塔廟建築群
塔曼‧阿雲寺塔廟
雅加達歷史博物館
捷巴坦活動橋
棉蘭大清真寺

峇里島宮廷舞蹈
萬隆集會廳
普羅摩火山
普蘭巴南印度教廟塔群
彩繪花傘
阿奈山谷
多巴湖
普蘭巴南廟塔群的中央廟塔
婆羅浮屠
洛羅‧宗格朗神像
臘染印尼布

收集印尼原圖卡，始自參觀台北亞洲郵展，在會場集郵社購得一套印尼犀牛四枚，分印爪哇犀牛及蘇門答臘犀牛，票片和諧的官製專印片。後來購得世界野生動物基金會發行瀕臨絕種生物的原圖卡，自 1983 年起至 1996 年止，將近二百套，花掉三萬多。生平喜愛動物，可隨時翻閱欣賞是賞心樂事，雖然此類郵品均為專印片，為智者所不屑，然與人為善，何樂而不為。其中有一套印尼犀牛原圖卡，票片圖案與前次所購完全相同，但使用犀牛明信片却各自印刷，河水不犯井水。郵票上使用熊貓標誌須經該基金會許可，連印在明信片亦須特許。

1998 年 5 月旅行印尼，首站飛抵首都雅加達，特別去科

達市區的中央郵局，新建大廈美輪美奐，進入大廳不見集郵部門，請教櫃台職員，招來工友帶路，原來集郵部門在樓後的舊屋，軒敞的大廳陳列十數座立式鋁框，展出近年來發行郵票，小型張，首日封，原圖卡，各類郵品，還有新郵票宣傳海報，彩色精印，美麗大方，詢及出售的郵品，獨缺原圖卡，一無所得。

次遊中爪哇的日惹，由甘比爾火車站搭車，車程約 9 小時，隔日參加當地旅行社一日遊，清晨六時遊覽婆羅浮屠佛塔及普蘭巴南印度廟塔，在兩處大門前購到標準規格的風景明信片（市街上出售風景明信片均為大型），興起自製古蹟原圖卡。回到日惹馬上搭三輪車，前往市中心的中央郵局，設在大門右側的集郵枱，前面有玻璃櫥，展示多種出售郵品，豁然看見數套原圖卡，悉數購買計有 1997 年保護動植物一套十枚，總統府一套五枚，蘇丹座車一套二枚，及悼蘇哈托總統夫人一枚，大有斬獲，其中只有保護動植物的明信片，是郵票圖案放大的繪畫片，其他票片均和諧。另外在集郵枱的職員指示，對面門側是一家集郵社，以超過面值數倍的代價，購得二處古蹟郵票，順利製作原圖卡，其經過已發表在會訊，不再贅言。數日後飛往蘇門答臘北部大城棉蘭，飛機行程：從日惹飛抵雅加達約一小時，轉機棉蘭約四小時，很便捷。首先搭班車去高原度假區布拉斯塔吉，看二座火山，再僱車遊多巴湖，此湖海拔約 900 公尺的火山堰塞湖，也是印尼

最大湖泊，風光明媚的渡假勝地。回到棉蘭抽空去火車站附近的棉蘭郵局尋寶，却毫無所得，原因為買不到相關郵票，最後遇一位華裔中年男子，華語流利，談及集郵甚歡，相約交換郵票及原圖卡。

回台灣後按地址寄贈郵票，戴君回贈二枚原圖卡（圖1、2），蘇門答臘虎及科摩羅大蜥蜴，均銷 1995 年 11 月 5 日棉蘭局戳。回信指出用明信片太大115x165 公厘不符規格，明信片標準規格最大 105x148 公厘，最小 90x140公厘，又指大蜥蜴銷戳地點，應該選在出產地科摩羅島，或飼養的動物園所在地。附寄有關原圖集郵文章二篇和台灣各類原圖卡多枚，供作參考。此年 12 月底又來信寄贈五枚原圖卡，分述於下：

INDONESIA

The Sumatran Tiger was once found throughout Sumatra but is now rare.

1 蘇門答臘虎
   銷 1995 年 11 月 5 日
   棉蘭局戳

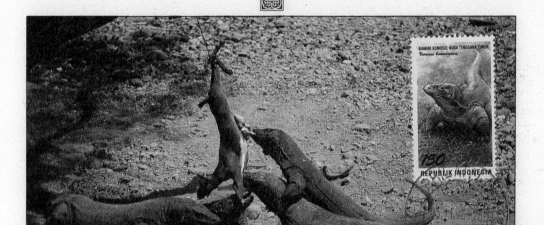

INDONESIA

Komodo dragons, the world's largest lizards, tearing a goat apart

2　　科摩羅大蜥蜴
　　　銷 1995 年 11 月 5 日
　　　棉蘭局戳

峇里／布薩基寺塔廟建築群
Bali / Pura Besakih

位於峇里首府登帕薩東北約 60 公里，阿貢火山山麓，創建於十世紀，奉印度教三主神，共有寺廟三十餘座，峇里島最大，最古老的廟寺（圖 3）。

峇里／塔曼‧阿雲寺塔廟
Bali / Taman Ayun

位於登帕薩西北 16 公里，峇里島第二大廟，塔由棕櫚纖維搭建，以奇數為聖，最多達十一層（圖 4）。

雅加達歷史博物館
Jakarta History Museum

原為荷蘭殖民時期巴塔維亞市政廳，獨立後改為博物館（圖 5）。

雅加達科達因坦活動吊橋
Kota Intan Drawbridge

位於雅加達橫跨嘎卡利‧布薩爾河上，可開可合的吊橋，造型獨特。曾經故障廢止，另建新橋。80 年代重修橋面鋪上柏油路面，使吊橋不再起落（圖 6）。

棉蘭大清真寺
Grand Mosque Medan

在棉蘭市區，規模宏偉，歷史最久的清真寺（圖 7）。

BALI

Panorama at Besakih Temple, Bali

3 布薩基寺塔廟建築群
銷 1998 年 10 月 2 日
登帕薩局戳

4 塔曼 · 阿雲寺塔廟
銷 1998 年 2 月 10 日
登帕薩局戳

INDONESIA

Fatahillah Museum Jakarta a hold over from colonial times

5　雅加達歷史博物館
　　銷 1998 年 12 月 10 日
　　雅加達局戳

6 　科達因坦活動吊橋
　　銷 1998 年 12 月 10 日
　　雅加達局戳

7　　棉蘭大清真寺
　　　銷 1998 年 12 月 24 日
　　　棉蘭局戳

戴君信中透露：身為公司外務，每月均有出差機會，去各地洽商，抽空去郵局銷戳，並示知所寄原圖卡，有二枚是大型明信片剪裁，不知是否符合規則？回信要求注意銷戳，因為寄來原圖卡不太清晰，對於裁剪的明信片，不損及背面通信欄格式，應該允許，規則對此無限制。

1999 年 5 月戴君繼續來信，寄贈六枚原圖卡，所製原圖卡擴張到傳統民俗。分述如下：

萊肯·庫拉頓舞
Legong Keraton Dance
一種峇里宮廷舞蹈，起源於 18-19 世紀，最初由一名盛裝的宮女獨舞，動作優美，舞姿曼妙，由宮廷音樂伴奏，逐漸發展為 2 名、3 名舞者表演，深受歡迎（圖 8）。

萬隆集會廳
Gedung Sate
20 世紀初萬隆被荷蘭殖民政府規劃為夏都。1925 年完工，融合東西方建築風格。印尼獨立後 1955 年 4 月在此地召集全球非同盟國家，第一屆亞非會議，對反殖民主義運動深具影響。現已改為相關博物館（圖 9）。

普羅摩火山
Mount Bromo
位於東爪哇，海拔 2382 公尺，錐形山體非常優雅，山頂火山口，常年燃燒熊熊烈火，發出隆隆的聲響（圖 10）。

Legong Keraton
BALI

8 峇里島宮廷舞蹈
   銷 1999 年 2 月 10 日
   登帕薩局戳

BANDUNG

GEDUNG SATE

9　　萬隆集會廳
　　　銷 1999 年 3 月 13 日
　　　萬隆局戳

INDONESIA

View of Mount Bromo, East Java

10   東爪哇普羅摩火山
銷 1999 年 3 月 22 日
普羅伯林果局戳

普蘭巴南印度教廟塔群
Prambanan Temples

建於八、九世紀早已崩塌成廢墟，印尼獨立後重組大小八座廟塔，中央廟塔高 47 公尺，基壇方型邊長各 34 公尺，雄偉莊嚴，當地人稱洛羅。宗格朗廟，塔內四方有四座廟室，廟東奉濕婆神瑪哈德維石像（圖 11）。

彩繪花傘
Decorated sun umbrellas

印尼特有的手工藝產品（圖 12）。

阿奈山谷
Anai Valley

蘇門答臘西部一處鐵路風景線，有雨林，有瀑布（圖 13）。

11　　普蘭巴南印度教廟塔群
　　　銷 1999 年 3 月 25 日
　　　日惹局戳

INDONESIA
Finishing Touch

12　彩繪花傘
　　銷 1999 年 3 月 25 日
　　日惹局戳

Indonesia

13   阿奈山谷
     銷 1999 年 3 月 27 日
     帕丹局戳

戴君來信查詢，本次所寄普蘭巴南廟原圖卡，貼 1998 年印尼民間故事中
郵票，有關洛羅·宗格朗公主，被惡魔變作中央廟塔的傳說，圖案左側為
印度教廟塔已製原圖卡外，右側有金質濕婆神浮雕，可否另製一枚原圖
卡。回信答覆：同一枚郵票有二個主題，可分別製二枚原圖卡，甚至三枚
不同的原圖卡，另外寄二枚貼好郵票的婆羅浮屠的明信片，委託銷日惹局
戳。

1999 年 10 月又收到戴君來信，寄贈四枚原圖卡寄回代辦銷戳二枚原圖卡，
均為成雙成對的同票異片。分述如下：

多巴湖
Lake Toba
郵票貼 1999 年印尼民間故事第二輯，有關多巴湖火山爆發，一位青年捨
身跳入火山作犧牲，拯救村民的傳說。明信片用多巴湖清晨明朗的景色和
黃昏彩霞絢麗的景色（圖 14、15）。

普蘭巴南廟塔群的中央廟塔
Prambanan Complex
郵票貼參加巴黎世界郵展紀念票，圖案上方有紅白二色的印尼國旗，下則
中央廟塔。明信片為中央廟塔雄姿，黑白二色和彩色二片（圖 16、17）。

14　　多巴湖清晨
　　　銷 1999 年 8 月 16 日
　　　帕拉帕特局戳

15   多巴湖黃昏
      銷 1999 年 8 月 16 日
      帕拉帕特局戳

16　　普蘭巴南廟塔群・中央廟塔
　　　銷 1999 年 7 月 19 日
　　　日惹局戳

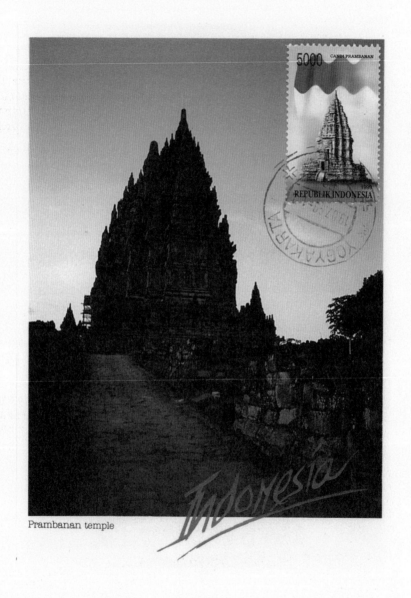

Prambanan temple

17　普蘭巴南廟塔群・中央廟塔
　　銷 1999 年 7 月 19 日
　　日惹局戳

婆羅浮屠

Borobudur

郵票貼婆羅浮屠郵票發行 130 週年紀念，圖案上端婆羅浮屠紅霞滿天，落日景色，下端分列荷蘭殖民地時期，日本佔領時期，和獨立後發行的三枚郵票，銷 1999 年 10 月 7 日瑪基蘭局戳。戴君來信説明婆羅浮屠地屬中爪哇，非日惹管轄，就近首府瑪基蘭郵局局戳，纔是正確地點（圖 18、19）。

2000 年 3 月來信寄贈四枚自製原圖卡，和二套局製大蜥蜴和電影百年原圖卡，局製明信片為郵票放大圖，乏善可陳，自製片則有二枚複品，茲分述於次：

洛羅・宗格朗神像

Roro Jonggrang Statue

有八支手臂，雙足踩在座騎南迪牛上（圖 20）。

臘染印尼布

Batik Tulis

日惹是臘染布的中心，市區提托迪普蘭路有二十多家工作坊，有板模印製及手工繪製二種（圖 21）。

自此戴君不再來信，曾有二次寄贈郵票，一次在去年中秋節前，另一次在今年春節後，迄今音訊渺茫。印尼的動亂，華裔處境越來越艱難，也許失業不再集郵，也許避難遷居國外，只能默默祝福。

18 　婆羅浮屠
　　 銷 1999 年 10 月 7 日
　　 瑪基蘭郵局局戳

INDONESIA

Sunset View of Borobudur Temple

19　婆羅浮屠
銷 1999 年 10 月 7 日
瑪基蘭郵局局戳

20   洛羅·宗格朗神像
      銷 2000 年 3 月 7 日
      日惹局戳

21　　臘染布
　　銷 2000 年 3 月 8 日
　　日惹局戳

泰國 Thailand

蘇可泰　艾尤塔雅

◆

瑪哈泰寺
拉查布拉那寺
菩斯善佩寺

泰國中央平原的泰族，屬蒙古人種南亞類型，與中國雲南
的傣族和壯族，緬甸的撣人，老撾的寮族，族源相近，其
祖先來自中國西南地區，陸續遷入東南亞，分道揚鑣，各
奔前程。約在 1240 年左右，泰族領袖印拉第王，聯合族
群，顛覆高棉王朝統治，建立蘇可泰王朝。

迨第三代蘭堪亨王，文治武力達到顛峰，發明泰文字母，
創建君主體制，擴張國土，疆域不輸當今領土，1320 年
王駕崩，國勢趨弱，1378 年淪為艾尤塔雅王朝掌中。

1350 年拉瑪提波底王繼起，又名沛烏同王，選新都在昭
披耶河、布里河和巴沙克河三河流交會處肥沃的河谷，名
曰艾尤塔雅，短期間內統一暹羅中部，包括蘇可泰城邦，
繼位羅默孫王不斷對外作戰，前後打敗清邁和柬埔寨，俘
虜九萬餘高棉人，造成安哥王朝的沒落，又南下馬來半島
和下緬甸，收為領土。

迨 1656 年拿萊王時代，艾尤塔雅已經擁有百萬人口，與荷蘭、法蘭西等國通商，成為國際港口，1758 年伊喀它王繼位不久，被緬甸第二度入侵，首都被攻破，搗毀城池，燒燬宮殿廟宇，劫奪金銀珠寶，擄去百姓三萬多人，一敗塗地，無復再起。

蘇可泰距離曼谷北方 360 公里，遺蹟在市區西方 14 公里，古城有內外高垣和陶土牆三道，城河有二道環繞四周，全盛時期城內廟寺三十幾座，城外九十幾座，現已全部倒塌，斷牆殘壁，殘基短柱，較完整廟寺有瑪哈泰寺，斯里沙威寺和斯拉斯里寺，目前泰國政府指定為歷史古蹟國家公園，面積達 70 平方公里，公園入口設蘭堪亨博物館，陳列附近古蹟出土的佛像古物，園中有蘭堪亨紀念銅像，端坐在三層基台上，右手托圖版，左側上置長劍，目視前方，雄姿煥發。記得泰國曾經發行蘭堪亨王郵票，一時買不到，雖有明信片，也製不了原圖卡，但幸運地買得蘇可泰郵票和明信片，製得一枚瑪哈泰寺原圖片，茲說明如次：

瑪哈泰寺
Wat Mahathat

皇家聖骸寺（圖1），位於公園中央，據說瑪哈泰王建於 1345 年左右，中央聳立一座蓮苞狀高塔，屬蘇可泰獨有佛塔，主塔高台基部周圍環繞 168 行路僧，灰泥粉刷雕塑，蘊涵特有風格，兩側尖塔多達 180 多座，兩側恭奉大佛，尚屬完整。明信片右側為主塔和拜殿殘柱，左側大佛坐像。

艾尤塔雅四面環水，猶如孤島浮在水中，東西長 8 公里、南北寬 4 公里，16 世紀改建為磚砌城垣，牆高 5 公尺，長達 12.5 公里，共有城門 99 座，18 座正門，20 座水門，61 座小門，供特殊用途。南北主要孔道外，磚鋪行人道縱橫，陸路與運河並行，木橋和石橋即有 30 座。艾尤塔雅歷經五王朝，35 位國王，國祚長達 417 年，王宮寺廟無數，被緬甸軍徹底搗毀和掠奪，全城成廢墟。泰國郵局於 1994 年 4 月 2 日發行艾尤塔雅歷史古蹟郵票一套四枚，旅遊時製得三枚原圖卡，說明於次：

1   瑪哈泰寺
         銷佛曆 2543 年 5 月 16 日
         蘇可泰泰英雙文局戳

拉查布拉那寺

Wat Ratchaburana

（圖2），1424 年印泰拉查吉瑞王逝世，年長二王子爭奪王座，雙雙戰死，第三王子昭善菩瑞王繼位，為父王及二位兄長遺骸所建，現存圓塔，狀似玉蜀黍，屬高棉式佛塔。

瑪哈泰寺

Wat Mahatta

（圖3）原建於 1384 年拉瑪提波底一世，屢經重建，尚存高棉式圓塔，基座四方形有 4 座門廊。

菩斯善佩寺

Wat Phrasisanphet

（圖4）原址為皇宮，1448 年改建為修道院僧舍，拉瑪提波底二世加建二座鐘型尖塔，恭養父王及兄長遺體，後來波隆拉查諾菩丹昆王增建一座尖塔恭養拉瑪提波底二世遺骸。

備註

泰國採用佛曆，釋迦牟尼誕生年是公元前 543 年，郵戳縮寫 43 即佛曆 2543 年減掉 543 年，即公元 2000 年。

2000 年 12 月第 16 期 原圖郵訊

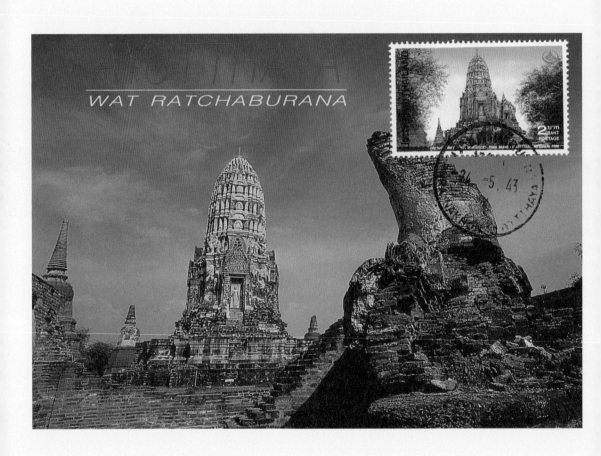

2   拉查布拉那寺
     銷佛曆 2543 年 5 月 24 日
     艾尤塔雅泰英雙文局戳

Ayutthaya   Thailand

3   瑪哈泰寺
       銷佛曆 2543 年 5 月 24 日
       艾尤塔雅泰英雙文局戳

WAT PHRA SRI SANPHET
AYUTTHAYA

4   菩斯善佩寺
     銷佛曆 2543 年 5 月 24 日
     艾尤塔雅泰英雙文局戳

柬埔寨 Cambodia

大小吳哥

◆
大吳哥
小吳哥

耶輸跋摩一世（在位西元 889 ～ 908 年）放棄舊都訶里訶
洛耶，遷入洞里薩湖北岸的安哥為新都，眼光遠大，認為
當地有山有水，巴肯山可供建設廟宇，奉祀印度教諸神，
暹粒河即可供百姓飲水，也供稻田灌溉。規劃都城占地
16 平方公里，城呈正方形，每邊各 6 公里，周圍 24 公里，
城中集王宮、官署、廟宇外，還有庭院、村落、市集、稻
田和人工水池，全城五座城門，道路四條通往巴揚廟，另
一條通向王宮。城門建築獨特，用巨石雕刻四面菩薩頭
像，面容慈祥，厚唇邊露出微笑。護城河上石橋，兩邊各
置善面和惡面的守護神石像，手挽「那迦」神蛇，成跪姿
作為橋欄，每邊各有 27 尊，高約 2 公尺，非常壯觀。

「安哥」一詞來自梵語，即城市之意。「通」是大，安哥通就是大城市，通稱大吳哥。吳哥窟又稱小吳哥，「窟」梵語指塔寺的意思，世人以大小來分辨，無關建築的規模精細。歷來國王營建寺廟，主要為奉祀所信仰的天神，吳哥城內外各種塔寺多達百座，有印度教的濕婆和毗濕奴廟，也有佛教的大小乘派寺院，國王的信仰各自不相同，百姓崇拜的神佛與國王互異，絕對不會被管制，充分享受宗教信仰的自由。但身為統治者的國王，無論信仰何種宗教，都自認為主神的轉世，信奉印度教的國王自認為毗濕奴的化身，崇拜佛教的國王自當菩薩的化身，突顯身世的神聖、加強王權、鞏固統治。

大吳哥
Angkor Thom

吳哥城廟宇風格雖然來自印度的石造結構，但非完全吸收外來文化，一味模仿。而是融合高棉本身文化，予以創新，建造多處燦爛輝煌，造形宏偉的巨廟。印度教神話中須彌聳立在宇宙中心，諸神都聚居在此神山，山上連疊三重山，主宰著時間和空間，因此山上建築神廟，供奉信仰的大神，就是宇宙在人間的再造。巴揚寺的設計包涵宗教象徵，山形結構最高處是一座圓形寶塔，建在兩層空心的台基上，表示天上的神和人間息息相通，闍耶跋摩七世（在位 1181 ～ 1215 年）重建吳哥城時，城牆石砌加固，護城河增寬，不僅軍事上抵禦敵人，且在宗教上意義深刻。

巴揚寺是一座佛寺，建造者闍耶跋摩七世是一位虔誠佛教徒，信奉大乘教，也是一位雄才大略，滿腹韜略，愛民如子的國王，當時內亂引發占婆人入侵，國都淪陷，國王被殺，生靈塗炭，繼起為王，組織軍隊與占婆人作戰，高棉人在新國王領導下，視死如歸，頑強抵抗，徹底打敗敵人，剪除心患，收復國土，在位時為百姓造福，擴建各地大醫院 102 所，和客棧 121 所。

巴揚寺的設計富有創意，台基分二層，高僅 3.5 公尺，廟宇由 16 座相連的佛塔構成，每座佛塔雕刻四面菩薩面相，展露微笑，佛塔愈到中央愈高，中央佛塔高 45 公尺，塔內奉祀一尊菩薩石像，約 4 公尺高，面貌與外面佛塔菩薩相似，應當是闍耶跋摩七世自己的形象。

16 座佛塔代表高棉的 16 省份。台基圍繞兩層方形迴廊，上面是內層迴廊，下面叫外層迴廊，迴廊壁上有浮雕，內層迴廊雕刻佛祖釋迦牟尼本生相和印度教傳說等，外層迴廊雕刻高棉軍隊抵抗占婆人入侵的戰鬥和百姓生活和生產的情況，戰鬥場面統帥闍耶跋摩七世身先士卒的英勇雄姿，非常鮮明。

巴揚寺古典片

Bayon

（圖 1）郵票為法國殖民地印度支那普通郵戳 1931 年發行，明信片越南西貢出版巴揚寺廢墟，2010 年向法國郵商購得。

巴揚寺四面菩薩頭像特寫

Bodhisattva face statue at Bayon

（圖 2）郵票為 2002 年發行第十屆東南亞國協紀念，明信片採用四面菩薩佛塔特寫片。

RUINES D'ANGKOR — *Le Bayon, Galerie d'une couretfe d'angle*
à l'intérieur de la 2ᵉ enceinte

1   巴揚寺古典片
銷 1932 年 6 月 28 日
柬埔寨吳哥法文日戳

CAMBODGE ꮶꮯꮲꭷ CAMBODIA

2   巴揚寺四面菩薩頭像特寫
       銷 2004 年 12 月 25 日
       暹粒吳哥東、英雙文局戳

小吳哥
Angkor Wat

吳哥寺位於吳哥城的南門大道東側約 1.7 公里處,由蘇利耶跋摩二世(在位 1113 ～ 1150 年)建造,逝世後骨灰安葬在寺中,吳哥寺也是一座國王的陵墓,整個工程直到闍耶跋摩七世時完成,前後歷時八十多年。按照印度教的教義,東方是吉祥的方向。面對朝日象徵光明繁榮。寺廟宮殿都坐西朝東,但吳哥窟卻坐東朝西,此因遷就地理位置,如果坐西朝東即面對暹粒河,背對南門大道,舉行祭祀活動參加者繞道而行,亦無開闊廣場容納民眾甚感不便,國王採納設計者的建議,坐東朝西,好處一直延到今日不退,暹粒市風景管理局在清晨五時就開放遊客參觀,目的在欣賞吳哥窟日出,朝陽從遠處地平線照在佛塔上,朝霞由紫轉紅,再由紅轉金黃,五座佛塔暗影倒映在蓮池上,千變萬化,絢麗動人。

從南門大道看吳哥寺,恢宏壯闊,巍峨崢嶸,包圍在三面蓊鬱樹林,正面護城河一座寬闊的石橋,橋頭兩側蹲立石雕巨獅,護欄上雕刻「七頭那迦」神蛇,參拜道長達 350 公尺,高出地面 1 公尺,兩側蓮花池中各有藏經閣,內圍牆東西長 270 公尺,南北寬 340 公尺,呈長方形,正面有三門,門樓有石塔三座,主建築在台基上,有三層迴廊,逐層增高,隨層縮小,第一層迴廊長 250 公尺,寬 187 公尺,壁上浮雕西面的北半部是印度神話「羅摩衍那」的猴王救駕故事,南半部則以印度史詩「摩訶婆羅多」的兩軍對陣戰役。北面是克利希拉和牧女相親相愛的情景,東面展現印度教傳統「乳海攪拌」,爭奪長生不老的生命瓊液,及毗濕奴與阿修羅的千年對決,南面歌頌蘇利耶跋摩二世的功績,和占婆人在洞里薩湖的爭鬥,壁上浮雕長達 800 公尺,是世界之最,人物神獸,栩栩如生,工整細膩,是藝

術中的極品。第二層迴廊比第一層高出 7 公尺，長 115 公尺，寬 100 公尺，迴廊擺放佛像和神像，在塔體二面石柱和門樓上雕刻許多阿普薩拉飛天仙女，能飛能舞，神采飛揚，體態輕盈，絕代佳麗。第三層迴廊呈正方形，每邊各 60 公尺，從第二層至第三層高達 13 公尺，台階陡峭，攀登甚難，平台頂聳立主塔，離地面 65 公尺，代表須彌山，迴廊四座角塔代表四大部洲，宛然是印度教仙境。

去年 12 月中旬再次去泰國旅行，在聖誕節前夕搭車去柬埔寨，泰柬邊境辦理落地簽證，再乘中型巴士前往暹粒市，早發夕至，車上整日顛簸甚為疲倦，隔日晚醒，在旅舍休息，午飯後外出散步，沿溪邊綠蔭路直走，不久遇一處郵局，進入參觀，櫃台出售郵票外，備有吳哥風景明信片專輯多種，每輯美金一元，郵票亦以美金銷售，每套五至七元，比面值多出一倍有餘，製得原圖卡四枚：

吳哥寺背面
Angkor Wat

（圖 3）郵票為 1998 年高棉文化專輯，明信片採用暹粒風景片吳哥寺空照圖，均由背後拍攝。

吳哥寺正面
Angkor Wat

（圖 4）郵票為第十屆東南亞國協紀念，明信片採用吳哥寺正面片。

2006 年 4 月第 13 期 中華原圖集郵會刊

CAMBODGE កម្ពុជា **CAMBODIA**

3　吳哥寺背面
　　銷 2004 年 12 月 25 日
　　暹粒安哥東、英雙文局戳

CAMBODGE　កម្ពុជា　CAMBODIA

4　吳哥寺正面
　　銷 2004 年 12 月 25 日
　　暹粒安哥東、英雙文局戳

寮國 Laos

鑾勃拉邦古都
瓦普古寺

2002 年 12 月下旬旅行寮國，曾經遊歷國都永珍和古都鑾勃拉邦，專注兩地的佛寺博物館，沿途購買風景明信片甚多，但行色匆匆，錯過永珍中央郵局，以致爾後行程無法製作原圖卡。搭巴士北上鑾勃拉邦，當地郵局座落在市中心十字路邊，所住宿的民宿就在郵局附近，每日必經數次，情不自禁地走進郵局參觀，看見集郵櫃內有一套「湄公河的晨昏」郵票一套三枚，剛好背包有一枚湄公河明信片，當場製作一枚原圖卡，真是不費吹灰之力。

去年 12 月再度旅遊寮國，計劃南下占巴寨省，參觀二處名勝——巴薩山麓的瓦普古寺和湄公河的肯‧發芳瀑布。抵達永珍當天馬上訪問中央郵局，位於瀾滄大道和庫文

路的交匯處，與清晨市場隔街為鄰，向右走過馬路就是市中心巴士站，是永珍市區熱鬧的地區。郵局為割分集郵業務，在門邊獨立建物另設郵政商店，專售紀念品、文具用品、集郵用品。郵票不按面額出售，一套郵票訂價自八千至一萬多基普（寮國貨幣單位）不等，買到二輯世界遺產、千禧年、古蹟四套郵票，計付四萬基普，相當於新台幣 140 元，很便宜。再去清晨市場內文具店挑選風景明信片、標準型明信片每枚 2000 基普，翌日巴士南下，開始占巴寨之旅，旅途經過從略，將所製原圖卡説明於次：

永珍塔鑾寺
Wat That Luang

國都永珍地名來自公元前三世紀部落頭目武里珍而得名，1560 年瀾滄王朝塞塔提拉國王統治時遷都永珍，1566 年重修塔鑾。相傳公元前三世紀佛骨埋葬於此，現存建築群在 1930 — 35 年間重修，塔鑾距市區東北側約 3 公里，呈四方型，灰磚結構，風格獨特，三層塔座，寬各 54 公尺，四邊正中央各有拜亭，基座以巨大蓮花瓣組成，第二層塔林 30 座，小尖塔高 3.6 公尺，有貝葉佛經浮雕，第三層主塔聳立在圓型台座，四方型的塔身，塔尖如錐，全塔高達 45 公尺，莊嚴宏偉。塔體全部覆貼金箔，金光閃爍，四周草地外方型圍廊。塔前塞塔提拉國王坐姿銅像，威儀煥發。塔鑾原圖卡（圖 1），票片和諧。

1 永珍塔鑾寺
  銷 2005 年 12 月 20 日
  永珍寮、英雙文局戳

瓦普古寺
Wat Phu

占巴寨省位於寮國南端，與柬埔寨為鄰，西臨泰國以湄公河為界，但至該省以巴薩山嶺為國界，而擁有湄公河西岸部份土地。建於六、七世紀的瓦普古寺屹立在山麓上，距東岸的省城百細約 54 公里。前望湄公河，背倚巴薩山，水光山色，風景明媚，是高棉的發軔地。印度教遺址分為三區：前區約 1 公里包括行宮和水塘，每年瓦普寺慶典，給與祭王室官僚沐浴和住宿之用，並可觀賞民眾競舟活動。第二區有 300 公尺大路通往方型祭祀廊，遺址尚存兩側祭祀廊，其門楣、門柱和窗櫺的建築風格，與吳哥窟無異。第三區為參拜道和神殿，由平坦路面爬上斜坡階級和兩側擋土牆均為砂岩構造，路面鋪設石塊約百來公尺，斜坡石階有 6 層，每層石階均 11 級，兩旁栽植黃素馨花，百年以上老樹根部怪瘤奇狀，皺紋重疊，枝幹虯蟠，終年開花不斷，清香襲人，是寮國的國花。神殿高踞海拔 162 公尺山腰，四柱三門構造，高棉特有風格，浮雕精緻，兩旁邊柱雕守護神，手持金剛棒，屋頂全部傾圮，中央神龕已改奉釋迦牟尼坐姿佛像，身披金黃色袈裟，聖相莊嚴。周圍老樹成林，蒼翠茂盛。瓦普古寺於 2001 年登錄世界遺產。瓦普原圖卡（圖2），貼瓦普古寺專題郵票，面值 4000 基普，圖案為神殿雕門特寫，明信片圖案即以神殿正側面全照。

2   瓦普古寺
       銷 2005 年 12 月 26 日
       百細寮、英雙文局戳

鑾勃拉邦古都
Luang Prabang

鑾勃拉邦位於寮國北方，在湄公河與南康河交匯的盆地，車程約 12 小時，初名「孟沙瓦」。八世紀瀾滄王國定為王都，改稱「香通」，語意謂金城，百姓聚集，街衢繁榮。十四世紀中葉范·恩古國王統一全國時，高棉王國贈送金佛一尊為賀，像高 1.3 公尺，尊稱：「勃拉邦·訶彌阿」，意謂薄金佛，珍藏在王寺佛塔內。至十六世紀塞塔提拉國王遷都永珍，易名「那空·鑾勃拉邦」，意謂金佛守護的城市，簡稱鑾勃拉邦。作為王都前後七百年，方圍不到 10 平方公里，高度海拔大約 300 公尺的山城，山明水秀、古樸寧靜、民情純厚，遠離外來文明的影響，除少數法國殖民地所留的樓房外，居民所住均為木造平房。登上舊王宮前普西山頂，俯瞰四周市區，民居淹沒在樹林中，處處可見金碧輝煌的寺院和圓塔。據 1995 年被登錄入世界遺產時所作調查，大小寺院計有 30 座，十四世紀所建的瑪諾隆寺。十五世紀則有維順納拉寺、勃拉菩塔巴寺，十六世紀有西恩通寺、維順寺等。

西恩通寺
Wat Sieng Toung

（圖3）位於湄公河與南康河交會口，1560 年塞塔提拉國王所建，主殿高大
宏偉，是寮國建築藝術的典範，三層重簷傾斜，距地面僅 1 公尺許，三角
山牆金箔雕飾，殿內裝設褐色為底色，鑲以金箔花紋，華麗無比，寺前數
座小寺和小塔，各寺恭奉佛像，塔即安奉歷來高僧的骨灰。明信片圖案為
西恩通寺正面造型，郵票圖案為西恩通寺側面結構，一正一側，不足之處，
互為補救。

LAOS

3   西恩通寺
    銷 2005 年 12 月 29 日
    鑾勃拉邦寮、英雙文局戳

普西寺

Wat Tham Phu Si

（圖4）位於市區中心的普西山頂，高度約二百餘公尺，有石級通到山頂，主殿呈十字型，樸實無華，於 1796 年擴建，阿努魯達國王於 1804 年下令加建一座佛塔於寺頂，塔為方型金塔，塔剎作五重華蓋，四方各立五重華蓋，猶如須彌山。明信片圖案為普西山頂風景，貼古蹟郵票，票片十分和諧。

2006 年 5 月第 15 期 中華原圖集郵會刊

Luang Prabang
Laos

4　普西寺
　销 2005 年 12 月 29 日
　鑾勃拉邦 寮、英雙文局戳

菲律賓之旅
Philippines

◆

聖奧古斯丁教堂	馬榮火山
巒納威水稻梯田	米耶歐市聖托馬斯教堂
帕瓦伊聖奧古斯丁教堂	眼鏡猴
維干歷史古鎮	

2007 年 6 月以來，二度旅遊菲律賓，剛好宿霧太平洋航空公司開闢台灣航線，計有馬尼拉飛桃園、宿霧飛桃園和馬尼拉飛高雄三線，此公司出售廉價機票聞名，同樣航線票價只有其他航空公司的三分之一，但飛機上不供應餐點，乘客索取輕食或飲料，按訂價收取費用。

初次於 6 月 20 日中午出發，從桃園國際機場飛抵馬尼拉亞基諾國際機場，航行僅 2 小時，在入境廳外有漆白色計程車，等候旅客上鉤，無論遠近一律收費 500 比索，不理捆客招攬，直接上二樓出境廳，找到空計程車，先問是否按計程錶收費才上車。直駛馬尼拉的馬拉迪區旅館，表跳到 120 比索，連小費付給 150 比索，司機連聲道謝。

21 日，早餐後搭計程車去西班牙古城，位於馬尼拉大都會核心—柏西克河南側，始建於十六世紀初，呈梯型五角形，城牆周長 4.5 公里，昔時西班牙人居住地區，占地不大，總督府、學校醫院、教堂修道院，一應俱全，西北靠海城角還有聖地牙哥堡壘保護古城。第二次世界大戰曾被日本軍隊佔領，戰火蹂躪，原有建物破壞殆盡，唯獨聖奧古斯丁教堂殘存，下車步行參觀重建後馬尼拉天主教堂，堂皇宏偉，保存羅馬式建築風格。南下走到聖奧古斯丁教堂，買票進入參觀。教堂 1571 年初建，1602 年改建為石造結構，嗣後陸續擴建修道院、教室、圖書館和療養院，構成四方形的建築群。1972 年改為宗教博物館，1993 年與南伊洛州聖塔瑪莉鎮聖母昇天教堂、北伊洛克州帕瓦伊鎮聖奧古斯丁教堂、班乃島米耶歐市聖湯瑪斯教堂等四座巴洛克式教堂同列世界遺產。在大廳紀念品櫃中有聖奧古斯丁教堂紀念郵票和明信片，一併買下。馬上離開搭車去古城外馬尼拉中央郵局，製得三枚聖奧古斯丁教堂原圖卡（圖 1），又在郵政商店買得 2004 年發行巒納威梯田小全張，和 2006 年發行耶誕節郵票，以入選世界遺產的教堂為圖案。郵局前面自由公園，臨近塔符脫大道的廣場，屹立革命領袖波尼法西歐銅像，氣概軒昂。遠處馬尼拉市政府大廈和鐘樓，乳白的顏色格外顯眼。走入構思路，有一家 SM 購物中心，橫跨整個街區，規模頗大，擁有各類精品商店和各國美食。午餐後看見國家書店，出售大批風景明信片，每枚 3 比索，可惜分色粗糙，美中不足，細心挑了 30 多枚，搭車回旅館休息，入暮趕往附近羅哈斯大道，欣賞馬尼拉灣落日，滿天紅霞，何其絢麗。

22 日，搭車前往三巴祿區西班牙大道上公共客運公司巴士站，購買巒納威車票，一天一班，晚 10 時開，背包寄存服務台，搭車再往古城，參觀聖地牙哥堡壘，十六世紀末，總督雷加斯比率軍登陸馬尼拉，驅逐摩洛海盜後著手築城，1590 年改築石造城垣，四百多年來海岸遠退，前面已被

南港碼頭所隔，失去守備功用，一度成為監獄，菲律賓人尊稱為國父的荷西．黎薩，曾經囚禁堡內，目前有黎薩紀念館，陳列有關文物。走出古堡，穿過古城和高爾夫球場，來到黎薩公園，前有黎薩銅像站立在方尖碑下，1892 年 12 月黎薩在此地受火刑，慷慨就義，為獨立而犧牲，令人欽佩。後側水池中有菲律賓群島的立體模型，全部島嶼 7107 座的位置，一目了然。

23 日，昨夜開往蠻納威巴士準時出發，座無虛席，於清晨微雨中抵達，全程 348 公里，車行 7 小時。蠻納威位於北部科迪勒拉山脈中段山谷，海拔約 1200 公尺的村落，伊芙高族世居此地，開闢梯田栽種水稻已有二千多年。極目所至水稻梯田，蔚為奇觀。1995 年登錄為世界遺產。投宿大街一家民宿，包辦食住，選擇面臨山谷的房間，推開窗戶不僅山風不請自來，梯田也不時映入眼中。午後外出逛街，假日市集人群未散，在紀念品店買到不同的梯田明信片 3 枚，每枚 10 比索，和伊哥洛族的雷多那布二條，每條 200 比索。搭電動三輪車到山頂瞭望台拍攝梯田美景，沿途殊少樹木，但見山坡一片翠綠，未有崩塌。入晚滂沱大雨，閃電雷聲大作。

24 日，清晨雨停，日上山頂，散步到山谷的譚安村落，看不到舊時木構茅屋，伊芙高族的社會組織，擁有較低的、大塊的梯田是富裕家庭；對面山腰叫玻格斯村落，喜歡在門楣掛飾水牛和野豬的頭骨，表示財富雄厚。傳統信仰中稻神巴魯爾，地位崇高，用樹根雕成神像，恭奉在穀倉裡，每逢祭祀，家長口念符咒，手宰雞取血灑在神像頭上，祈求豐收。午後上街，逗留在咖啡室看雜誌，或聽音樂，打聽到此地網咖可以打國外電話，接通台灣，與家人閒話兼報平安。

25 日，八時初搭電動三輪車去郵局，製得蠻納威原圖卡二枚 (圖 2)

匆匆趕上往蒙田州首府波圖克的吉普尼交通車，一路向北行駛不斷上坡，黃泥路面保養平坦，甚少顛簸，10時至伊芙高和蒙田州界，稍事休息，路旁有小教堂，豎立耶穌聖像，兩臂平伸如有所示。公路轉彎，連續下坡，車行迅速，中午前抵達波圖克，在蒙田州州府前下車，接上朝日客運公司，開往碧瑤的巴士，12時發車，沿溪行駛，山明水秀，樹木青翠，車窗外風光美不勝收，無奈車輛頻頻故障，半途拋錨，在路旁等候約半小時，接搭下班來車，不久傾盆大雨，沿途陣雨相隨，漸次天暗，遠處碧瑤萬家燈火，進入市區已晚上7時許。

26日，搭計程車去巴士總站，本站是國道巴士專用，出售車票和上下乘客，買到帕達斯客運開往老沃的車票，離九時發車尚早，走出巴士站，看到對面碧瑤郵局，進入營業廳，購得數套專題郵票和小全張，其中有一枚菲律賓·日本建交五十周年小全張，分別以馬榮火山和富士山為票圖，兩座山以完美無缺的圓錐型山峰聞名，當下決定旅遊呂宋南部。巴士出站先穿越蜿蜒山路，至保安市循海線國道北上，經過渡假勝地的聖費南多，偶爾看見海灘，波浪洶湧。下午4時初抵達老沃。北伊洛克斯州資源豐富，主要農產品有菸草和蒜頭，獨裁者馬克斯總統的故鄉，至今尚感覺到其威力。州會老沃名勝有聖威廉大教堂，傳統服裝博物館。老沃國際機場，高雄有航班每週數班，載送台灣觀光客到伊洛克斯渡假村娛樂。

27日，租機車前往南郊帕瓦伊鎮，參觀聖奧古斯丁教堂，1694年初建，至十八世紀初改建為石造教堂，用珊瑚石塊砌造，融合防震巴洛克式和東方建築特色，正面橫列6根方柱，屋頂裝飾大小尖柱，中央方型塔狀；縱列三層，頂層有神龕內祀聖母塑像，中層分設三樘拱型長窗，下層為大門，簡樸無裝飾，雄偉莊嚴。兩側扶壁厚達2公尺，各有十數座賴以防震，三百年來歷經天災地變屹立不倒，右前方一座四方型三層鐘塔，用於集

會和瞭望。是日不知何故教會不開放，緊閉大門，失望而返。11 時初搭電動三輪車前往老沃郵局，製得一枚帕瓦伊教堂原圖卡（圖3）。旋搭巴達斯客運巴士南下維干，車行約 2 小時。維干是南伊洛克斯州的首府，1572年西班牙殖民政府所建的貿易站，僅次於宿霧和馬尼拉。1758 年升為北呂宋主教區，建置大主教宮於沙塞多廣場。搭電動三輪車前往布爾戈斯廣場，打尖後乘馬車參觀西班牙殖民式老街，馬車特特響徹磚石路，先由外圍街道轉一圈，才進入老街轉轉，精華畫在克里索洛戈街（圖4），磚造房屋樓上窗戶鑲著雲母蛤半透明薄片，用作採光的替代品，下馬車逛老街，1999 年維干歷史城市入選世界遺產。搭車回巴士站，查詢維干距離馬尼拉約 394 公里，車程大約 9 小時，搭上帕達斯客運巴士晚上 7 時開往馬尼拉。

28 日，清晨抵馬尼拉基亞保區，天尚暗不敢隨便乘車，透過服務台叫計程車，索車資 200 比索，至帕塞區專營呂宋南部巴士站，坐上菲爾客運巴士 8 時班車，循泛菲國道南下，經過甲米地州平原和拉古納州聖巴布洛，在奎松州小鎮停車打尖，駛過盧塞納緊靠拉蒙灣行駛，海面平靜如鏡，穿過北甘馬仁州，下午 4 時初抵達南甘島仁州的州府納加。連夜又連日趕車，心身俱疲，儘快投宿旅館休息。

29 日，搭小巴士前往雷加斯比，參觀馬榮火山，車行約 2 小時，車駛近雷加斯比北郊，美的圓錐型山峰就映入眼中。雷加斯比是阿爾拜州的州府，擁有港灣和機場，交通繁忙的商業都市。以西班牙首任總督名字命名。位於北郊的馬榮火山，是菲律賓最活躍的活火山，山頂煙雲繚繞。平均每百年爆發過六次，最大的一次在 1814 年，附近卡拉瓦教堂被埋在熔岩裏成為廢墟，只剩殘破的鐘塔，搭車去郵局製得馬榮火山原圖卡（圖5），搭吉普尼回納加。

30 日搭菲爾客運巴士返回馬尼拉。

7 月 1 日，早餐後沿阿德瑞亞得科路南下散步，走到尾端有馬尼拉動物園，買票進入參觀，高牆外四周有高大濃蔭的樹林環繞，大小鳥籠、飼養東南亞特有種動物，走到水池邊，看到二條巨魚，不知何名，長約 1.5 公尺，一前一後巡游淺水，突然翻身掀起大浪，聲勢驚人。下午去附近帕卓洛・吉爾街角羅敏遜購物中心置伴手禮，超市特產品架上陳列果子狸咖啡豆，250 公克裝，一罐訂價 900 比索，買二罐。二日，結束行程飛回桃園。

茲將此行所獲原圖卡說明於次：

馬尼拉聖奧古斯丁教堂

San Agustin Church

聖奧古斯丁教堂（圖1），初建於 1571 年，是馬尼拉最古老的教堂，至 1587 年始以石造構築，經過 20 年於 1606 年完竣啟用，教堂原有雙塔，1863 年大地震，右側鐘塔崩塌，迄今未修復，重 4.5 噸大銅鐘尚放在門房，四百年來擴建成為四方型建築群，包括修道院、教室、圖書館和療養所等。

巒納威水稻梯田

Rice Terraces , Banaue

（圖2）世居伊芙高州的伊芙高族，開闢水稻梯田已經有二千年，面積已達 250 平方公里，主要分佈在巒納威山谷，綿連約 20 公里。郵戳 2007 年 6 月 22 日巒納威局戳，日期應該是 25 日，一早去蓋戳，職員未換日期。

帕瓦伊聖奧古斯丁教堂

San Agustin Church , Paoay

（圖3）聖奧古斯丁教堂始建於 1694 年，1703 年至 1710 年間改建石砌教堂，以甘蔗糖和糯米熬煮作成粘著劑，牢固無比，四百年不墜。外觀酷似金字塔，位於帕瓦伊鎮內，前有廣場寬敞，時有民眾聚集習舞，或學生體操活動。

San Agustin Church

1 　聖奧古斯丁教堂
　　銷 2007 年 6 月 21 日
　　馬尼拉局戳

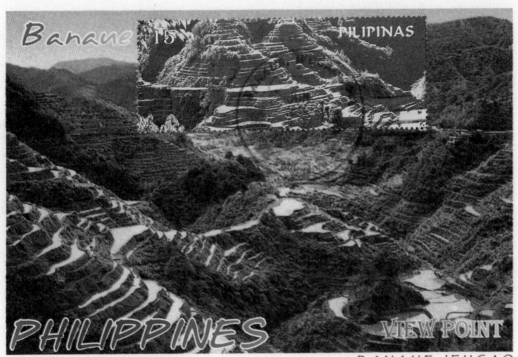

2   彎納威水稻梯田
           銷 2007 年 6 月 25 日
           彎納威局戳

3　　帕瓦伊聖奧古斯丁教堂
　　　銷 2007 年 6 月 27 日
　　　老沃局戳

維干歷史古鎮
Historic Town, Vigan

（圖4）維干是西班牙殖民時期的第三處貿易站，經過三百多年仍保留相當完整。維干文化村擁有幾條棋盤型的街道，石板鋪路，街上兩旁林立西式的洋樓，灰泥磚造結構，屋頂古瓦厚實，高昂天花板，硬木的地板，陳舊的床組，似曾相識，中西合璧的建築和裝潢的風格，據說許多房屋是富裕的華僑所有。

馬榮火山
Mayon Volcano

（圖5）「馬榮」在比克魯語的意思是美麗，從任何角度看圓錐型山峰，完整無缺，弧度秀美，平原上孤峰獨立，美麗化身。海拔約 2425 公尺，直徑 5 公里，周長 138 公里，占地 465 公頃。1938 年設立國家公園，在高度 750 公尺處建雲頂飯店和會議中心，俯瞰雷加斯比區和太平洋。

4 維干歷史古鎮
   銷 2008 年 6 月 11 日
   維干局戳

5   馬榮火山
     銷 2007 年 6 月 29 日
     雷加斯比局戳

2008 年 1 月 14 日前往桃園國際機場，搭宿霧太平洋航空公司飛機，深夜 11 時飛往宿霧，宿霧是維薩亞斯群島的中心都市，菲律賓第二大都市，僅次於馬尼拉，該島呈菱形，南北長 300 公里，東西最寬 40 公里。十六世紀初探險家麥哲倫環遊世界一週，於 1521 年 3 月登陸宿霧，說服酋長胡馬邦及族眾皈依天主教，為替酋長討回公道，冒然登陸附近馬克坦島，被該島拉普拉普酋長殺死，宿霧最先登上歷史舞台。

15 日，深夜 2 時初抵達馬克坦國際機場，搭計程車前往宿霧市區預約旅館，車資說定 200 比索，9 時許早餐，在大廳有旅行社查詢班乃島怡朗的船班，每天有一班次，晚上 7 時對開。11 時初退房，將背包寄存旅館，搭車去 SM 購物城，先找銀行兌換比索，再去美食街打尖，在地下層文具部找到販賣風景明信片攤位，每枚約 5 比索，比馬尼拉還貴，只挑了十枚，搭車去宿霧郵局找郵票，營業廳無郵政商店。步行至前面路口參觀聖彼卓堡，呈三角形，牆高 6 公尺，厚達 10 數公尺，占地約 2000 餘平方公尺，1738 年為了防禦外敵和海盜所建，搭車回旅館取背包，原車前往四號碼頭，在海洋快船公司售票口，排隊購買開往班乃島怡朗渡輪船票，船位分二級經濟艙及冷氣艙，下午 6 時初巴士送乘客到船埠上船，服務員立刻分發毛毯和枕頭，躺在臥舖冷氣直吹，不覺入睡，未悉何時啟航。

16 日，清晨渡輪進入基馬拉斯海峽，左舷看見內革羅島，右舷是班乃島，8 時抵達怡朗碼頭，搭電動三輪車至市區農民市場，轉乘吉普尼車至距離怡朗南方 40 公里的米耶歐市，下車參觀聖托瑪斯教堂，1786 年建造具有防震和堡壘功能的石造教堂，正面三角楣植物花紋和大門兩側輪廓的淺浮雕，精緻美麗，中央神龕有米耶歐守護神聖托瑪斯聖像，左右各有一座造型不同的鐘塔，且建造者亦不同，外觀卻非常調和，典型的巴洛克式建築。在附近的米耶歐郵局製得一枚米耶歐市聖托瑪斯教堂原圖卡。搭中型巴士

回怡朗，在農民市場下車，搭車去摩洛區參觀一座建於十九世紀的歌德式教堂，大堂內彩色玻璃繪畫，取材於聖經故事，至為瑰麗。搭車計劃去聖彼卓堡，司機誤聽送回碼頭，下車去買船票，職員指示可以上渡輪休息。

17 日，6 時初渡輪航近宿霧島北端海岬燈塔，7 時許通過宿霧島與馬克坦島二座跨海大橋，進入四號碼頭，附近漁家划獨木舟接近渡輪；船上乘客紛紛拋下硬幣，讓小孩潛入撈取，無一失誤。下船後乘坐船公司提供巴士送入市區，再搭車去旅館訂房和寄背包，馬上外出沿哥倫街走，拐入奧斯曼大道，參觀聖嬰大教堂，奉祀幼年耶穌基督像，參拜信徒絡繹不絕，初建於 1565 年。循大道回走參觀聖卡洛斯大學博物館，計有陳列室三間，展示考古出土器皿和生物標本。返回旅館，查詢訂購飛往民答那峨大堡機票，職員告知伊麗沙白商場內有旅行社，中午打尖後去商場內找，原來是宿霧太平洋航空公司訂票處，訂去程 18 日和回程 21 日機票，價錢 3753 比索，約 90 美元。

18 日，8 時退房搭車前往馬克坦國際機場，路上嚴重塞車，尤其經過曼達維市工業區，寸步難行，過橋進入拉普拉普市，暢通無礙。11 時初起飛，1 小時後抵達民答那峨島南方大都市—大堡，搭車進入市區，在聖彼得路上找到旅館，左側有二家華人餐廳，中晚餐可輪流用餐，右側不遠有聖彼得天主教堂，樸素無華，外觀無油漆或粘瓷磚，前面有大堡州政府大廈和州議會。

19 日，參觀聖彼得路尾萬卡羅罕傳統市場，規模甚大，分類集中販賣，設有六種賣場，人群絡繹不絕，貨車往來如梭。午餐後搭車去北郊拉藍區湖濱觀光大飯店內，參觀提伯利族編織中心，以呂宋麻為原料，提取纖維，反覆洗染後曬乾，編織成布疋，其中有一種伊卡織物，結合染色和編織技

術，織成複雜的幾何圖案，叫做緹納拉克，非常名貴的工藝，購買二條做伴手。

20日，搭車去聖安娜碼頭，僱螃蟹舟遨遊大堡灣，一償心願。大堡在我十歲時就知道的地名，第二次世界大戰，日本軍隊佔領菲律賓諸島，大堡成為日軍海空基地，每次去火車站歡送出征軍人時，高唱軍歌，歌詞唱得滾瓜爛熟，記得一首「大堡小唱」特別喜愛，試譯歌詞於下：

再會吧大堡期待再來，暫時離別眼淚湧出。
懷念留戀地看上這島嶼，椰子葉影下十字星。

船將出航，站在港邊所愛的女郎揮動手帕。
忍著聲音心內哭泣，兩手合十說聲謝謝。

海浪噴沫翻滾不眠的夜晚，談話熱情在甲板上。
星光閃爍 凝眸這星辰，口含香煙有些苦澀。

紅色夕陽沉在波浪間，目標何處？在水平線喲！
今日迢迢南洋航路，男子乘船猶如海鷗。

不愧是男子漢，女郎如此說，燃燒地情思，高掛船桅上。
打動心胸唯有憧憬遠方，今日赤道椰子樹下。

歌詞如此浪漫，小學生唱來如此激昂，不得不佩服作曲家的高明。午睡後搭車去雷托街上阿黛溫科購物中心，此處專售南洋各地特產，巡視再三無所需土產，再搭車回旅館休息。

21日，清晨4時退房，準備搭6時30分飛往宿霧班機，街上天未明，早已車水馬龍，攔到計程車直駛大堡機場，進入出境廳先檢查行李，非常嚴謹，要求脫鞋脫襪，步行上飛機。8時初抵達宿霧機場，天降霏霏細雨。在入境廳搭車前往宿霧一號碼頭，搭海洋快艇公司開往薄荷島塔比拉蘭港

口。排隊購買船票，輪到買票時，已售罄，堅持不願搭下班快艇，改買商務艙座位，船票付 895 比索，進入候船室，被請到貴賓室喝咖啡和吃蛋糕，開船前優先上船，啟航後分發餐盒，非常值得。船行一小時半，抵塔比拉蘭港，魚貫下船，搭三輪車住進民宿，查詢民宿主人旅遊巧克力山丘一日行程，所報價格每人 2000 比索，與碼頭掮客同價。

22 日，8 時乘坐三輪車去達奧巴士站，搭聖胡安客運公車去卡門，8 時 30 分開車，約 2 小時抵達卡門小鎮，位於塔比拉蘭東北約 50 公里，有獨特地理景觀，大約有 1268 座的圓錐型小山丘，高度未超過 30 公尺，由珊瑚沉積物堆成，從海中浮出陸地，經長年雨水侵蝕作用形成，每年夏季少雨，青草轉為棕色，居民都叫巧克力山。中午搭機車前往科雷利亞眼鏡猴保護區，看身長僅 10 公分左右的眼鏡猴。

23 日，6 時初退房，乘三輪車去塔比拉蘭碼頭，進入大廳買船票，7：30 開往宿霧，搭威杉快船公司快艇票價 300 比索，9 時初抵達宿霧港口步行至街上搭計程車去奧斯曼圓環，進入羅敏遜百貨公司選購伴手，最後在地下層超市購買十包宿霧特產—奧托普酥餅，午餐後搭車前往馬克坦島的拉普拉普市，瞭望位於市政府前面廣場拉普拉普酋長雕像，他因殺死侵略者麥哲倫成為菲律賓的民族英雄。搭晚間 7 時 55 分班機飛返桃園，結束行程。

茲再將此行所獲原圖卡說明於次：

米耶歐市聖托馬斯教堂

Miagao Church Santo Tomas de Villanueva

1786 年修士康薩勒斯，為防止海盜搶劫所建，唯一城塞式石造教堂，正面寬 38 公尺，深 72 公尺，兩側鐘塔造型不同，景觀融和，具有藝術價值。（圖 6）

眼鏡猴

Tarsius

眼鏡猴屬靈長類猿猴種，身長 10 公分左右，體重約 120 公克，性情溫和，日間藏身樹林深處睡覺，夜晚跳躍活動覓食，以昆蟲為主食，眼睛超大，只能向前看，不能轉動眼球，左看右望得將頭部轉動，可以轉到背部，非常滑稽。原圖卡以前在郵市購得。（圖 7）

2008 年 10 月第 20 期 中華原圖集郵會刊

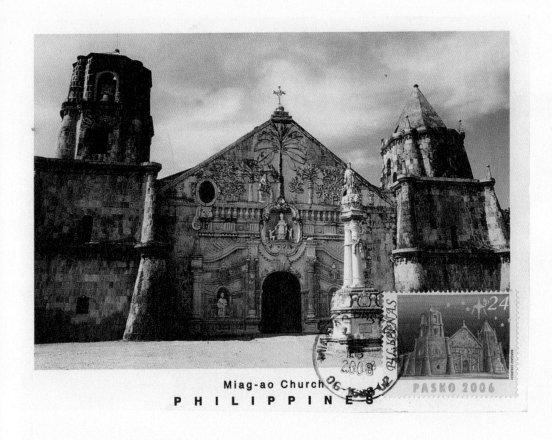

Miag-ao Church
PHILIPPINES

6 米耶歐市聖托馬斯教堂
銷 2008 年 1 月 16 日
米耶歐局戳

7 眼鏡猴
   銷 1994 年 9 月 3 日
   紀念戳

馬來西亞
Malaysia

馬來西亞的國土分隔兩地，包括馬來半島和婆羅洲北部，中間是南中國海。習慣上前者簡稱「西馬」，後者稱「東馬」，全國面積 330,257 平方公里，兩地面積相當，大部分土地被蓊鬱茂密的雨林所覆蓋，靠近赤道，氣候炎熱多雨。西馬地勢北高南低，東西岸沿海平原狹長，中部山巒起伏；東馬由沙巴和砂勞越兩州組成，與印尼的加里曼丹接壤，兩州之間被小蘇丹國汶萊阻隔。沙巴東西沿海均平原，內部為山地；砂勞越西部海岸為平原，東部邊境為丘陵和山脈，人口稀疏，城市未若西馬繁華。

馬來西亞登錄世界遺產有三所，計 2000 年的基納峇魯國家公園和木魯山國家公園，屬自然遺產，前者在沙巴北

部，後者在砂勞越北部；2008 年的馬六甲和喬治市海峽歷史城市，座落在馬來半島上，一在馬六甲海峽中部，距離首都吉隆坡 147 公里；一在馬六甲海峽北端檳榔嶼上，屬文化遺產。

茲說明於次：

基納峇魯國家公園
Kinabalu National Park

基納峇魯國家公園的主幹，也是東南亞最高山峰，從省會哥打峇魯市海濱，回望內陸看見鋸齒形山脈，其中狀似驢子的耳朵處便是主峰（圖1），標高海拔 4101 公尺，巍峨崢嶸，是當地原住民加達桑族祖靈安息之所，尊稱「神山」；又華人幾百年來在此營生，留下一段悲情的故事，俗稱「中國寡婦山」，令人感傷。但從喜馬拉雅山脈南下至新幾內亞山脈之間，群山低頭，為吾獨尊。公園面積約 754 平方公里，距哥打峇魯市東北郊約 75 公里，車程約三小時。公園管理處在一座花園內，高度海拔 1588 公尺，氣溫涼爽。登山管理制度嚴謹，採取預約制，前一天入住附近旅館或民宿，前往辦公室申請登山許可證和雇請嚮導，一般登山行程為二天一夜，第一日清晨由嚮導帶領起登，沿途設備完善有路標，計有七所休息站，均有廁所，爬到約 3500 公尺所在有大客棧，供應晚餐和過夜。第二日拂曉登頂，峰前攝影紀念，然後兼程下山。

國家公園動植物生態因地形多變，極為豐富。熱帶雨林的特殊植物，食蟲科豬籠草十數種，世界最大的花—拉芙莉西亞（圖2），盛開時直徑達 1 公尺以上，因為處在陰暗密林中無蜂蝶，花的顏色紅艷，散播如屍臭氣味，引來蒼蠅傳遞花粉。此外蘭花、苔蘚為數甚多。低山多屬灌木林，高山為寒帶雲林。中間林區生長榆、栗、石楠、桃金孃等潤葉樹，動物常見鹿類、長臂猿、野豬等，小型動物有松鼠、蝙蝠、眼鏡猴等 50 多種，鳥類常見有百舌鳥、山鵯、白尾畫眉、綠尾山鵲、金鶯、蜂鳥等 200 多種。

1 　　基納峇魯國家公園主峰
　　　　銷 2009 年 4 月 9 日
　　　　科達基納峇魯首日紀念戳

INDONESIA

Carcase flower (Rafflesia Arnoldi) Bengkulu, Sumatra

2   拉芙莉西亞花

木魯山國家公園
Gunung Mulu National Park

木魯山國家公園座落於米里東方原始雨林中，無道路可達，搭乘小型客機航程僅1小時，如利用巴士及快船接駁，費時8至10小時，難免舟楫之累。木魯山標高海拔 2376 公尺，山峰雖砂岩，但周遭山岳都是石灰岩，三千多年前從海底升起，受雨水激烈沖刷，切割成無數尖峭的石林甚為壯觀（圖3）。又因雨水長期的侵蝕作用，山體造成洞窟。國家公園面積 544 平方公里，山區廣闊，崎嶇難行，迄今仍有未發現的山洞不計其數。目前開放鹿洞和藍洞、清水洞和風洞二座讓遊客參觀。

鹿洞和藍洞離公園管理處約 3 公里，兩洞相連長達 2160 公尺，是世界最長的通道洞穴，中央山腹巨洞，地上積存動物糞便散發惡臭，原來是洞頂棲息著三百萬多隻無尾蝙蝠，每當黃昏時分蝙蝠飛出洞外覓食，爭先恐後，發出啾啾叫聲湧出洞口，時間持續長達半小時，蔚為奇觀，又藍洞中有許多鐘乳石和石筍，參差不齊；另有一些奇形怪狀的岩石相當吸睛。從洞口進入參觀，由另一洞口出去，不須走回頭路。清水洞和風洞距離公園管理處行程約一小時，風洞在清水洞上方，另有隧道的起點，兩洞長 51公里，高 355 公尺，是東南亞最長的洞穴，洞內有一條地下河，洞口流水清澈如水晶，河上有小橋可通行（圖4）。

國家公園內，動植物生態多樣化，常見鳥類有犀鳥、夜鶯、金絲燕、太陽鳥、小隼等 260 種，哺乳類 67 種、魚類 47 種、蛙類 74 種、蝴蝶 281 種、植物多達數千種、包括泥煤沼澤森林，高大的龍腦香樹林，山頂矮小的苔蘚林。河岸上生長種類繁多的蘭花、吃昆蟲的豬籠草。

3 　木魯山國家公園
　　銷 2009 年 4 月 9 日
　　米里首日紀念戳

Malaysia 2009   50sen

Taman Negara Mulu, Sarawak

TAPAK WARISAN DUNIA
09.04.2009
MIRI

4   木魯山國家公園
       銷 2009 年 4 月 9 日
       米里首日紀念戳

馬六甲・喬治市海峽歷史城市

Melaka & George Town

Historic Cities of Straits of Malacca

馬六甲是著名的古城，自十六世紀以降曾經被葡萄牙人和荷蘭人占領，後來為英國海峽殖民地，直到西元 1957 年 8 月獨立。在市區留下多處殖民建築古蹟。此前，明成祖永樂年間鄭和下南洋，多次造訪馬六甲，在附近山下紮營，敦誼邦交。當地華人在三寶山下營建三寶殿，恭祀鄭和塑像以資紀念。去年 10 月旅遊馬六甲 4 日，製得 3 枚原圖卡，簡述於次：

馬六甲聖地牙哥城門 Porta de Santiago Melaka

(圖5) 位於聖保羅山下，葡萄牙人建於西元 1512 年的福爾摩薩碉堡，百餘年後荷蘭軍隊攻陷，摧毀城垣，爾後荷蘭東印度公司重建，城門上將公司名稱和商標雕刻在門楣。

馬六甲荷蘭廣場 Dutch Sguare Melaka

(圖6) 位於格里加路和拉克斯馬納路之間，紅屋原是舊市府官署和宿舍，荷蘭人建於西元 1641 至 1660 年間，目前改做歷史博物館和民族博物館。基督教堂建於西元 1753 年，慶祝荷蘭人馬六甲殖民百年紀念，一磚一瓦來自荷蘭原鄉，典型荷蘭建築風格。教堂旁邊有鐘塔和噴水池，此係英國殖民時期華人慈善家捐建。廣場旁有拉克斯馬納路郵局，原圖卡即在此局銷戳。

馬六甲克林清真寺 Kampung Kling Mosgue Melaka

(圖7) 位於荷蘭廣場北側舊市區內，中國城旁杜康街上。寺宇隱藏在高牆內，建於西元 1748 年，迥異於傳統寺宇，尖頂綠瓦四垂重簷，混合蘇門答臘和印度風格建築，四方形宣禮塔漆純白色，猶如寶塔，為當地最古老的市級清真寺。

5 馬六甲聖地牙哥城門
   銷 2009 年 10 月 10 日
   馬六甲局戳

6　　馬六甲荷蘭廣場
　　銷 2009 年 4 月 9 日
　　馬六甲首日紀念戳

7　馬六甲克林清真寺
　　銷 2009 年 4 月 9 日
　　馬六甲首日紀念戳

喬治市座落於檳榔嶼東北角，以當時英王喬治命名，是檳榔州州府所在地。市區以華人為主，街上商鋪住家林立，保持閩南古風，觀音寺、詩里、瑪利亞曼印度廟、克林船長清真寺和龍山堂，在大街上近在咫尺，華洋教徒和睦相處；時見殖民地建築，優雅精緻，如市政廳、州議會、高等法院、聖喬治教堂和聖母昇天教堂，令人刮目相看。時當十九世紀自由港口貿易極盛，生意繁榮，但進入二十世紀景氣轉移，被新加坡獨占。州政府極力推動觀光，西元 1922 年鋪設檳榔山山區鐵路纜車，山頂海拔 821 公尺，氣候清涼，建觀光酒店招攬遊客。西元 1985 年 9 月啟用檳威跨海大橋，全長 12.5 公里，從此大型遊覽車自北海直達島嶼各地毫無阻礙。市中心建設光大大廈，65 層摩天大樓容納州政府各機關、工商機構、百貨公司、商店街、餐廳、戲院和展覽館。旅行檳榔嶼 3 日獲 2 枚原圖卡。

喬治市市政廳
George Town City Hall
（圖 8）市政廳位於海濱康華利斯碉堡附近，前有巴敦廣場，原是州政府，不久遷入光大大廈，移交市政府，建於西元 1903 年，希臘哥林斯式建築風格，二層結構，高挑窗戶，線條優美。

喬治市維多利亞鐘樓
Queen Victoria Memorial Clock Tower
（圖 9）位於萊特街盡頭，白色塔樓，頂端摩爾式圓頂，高 18.29 公尺，相當於 60 英呎。為慶祝維多利亞女皇在位 60 周年，1897 年華僑華商捐建，1 英呎代表在位 1 年。左側海灘街是檳榔嶼舊商業中心，銀行和洋樓林立。

8 喬治市市政廳
  銷 2009 年 4 月 9 日
  檳榔嶼首日紀念戳

No. 136   CLOCK TOWER, F.M.S. RAILWAYS, PENANG

9   喬治市維多利亞鐘樓
     銷 2009 年 4 月 9 日
     檳榔嶼首日紀念戳

北嶺地二座國家公園

Australia

澳洲

◆
卡卡都國家公園
烏奴奴‧卡達族達國家公園

北嶺地位置在澳大利亞大陸的中央、東與昆士蘭省為鄰，南至南澳省為界，西側有西澳省，是澳洲最蠻荒的省份。省府達爾文孤懸北端，迷人又充滿閒適的都市，港灣風光秀麗，是遊客散步和垂釣的好去處。省內眾多的國家公園，分佈在「頂端」和「紅中心」二處，所謂頂端和紅中心是英文的意譯，頂端指達爾文北部沿海地區，屬熱帶季風氣候，多雨而濕熱，而紅中心在愛麗斯泉附近，離海岸一千五百多公里的內陸，海洋濕氣不至，是雨量稀少的沙漠地區，晝夜氣溫差距甚大。1981 年位於頂端的卡卡都國家公園膺登為世界自然與文化遺產名錄。1987 年在紅中心的烏奴奴，卡達族達國家公園也入選世界自然遺產名錄，實至名歸。

卡卡都國家公園
Kakdu National Park

澳洲有一百多座國家公園中，卡卡都國家公園面積最大，約二萬二千平方公里（大約台灣的一半有餘）。在達爾文的東南方，幅員曠闊，地形多變，依地理環境劃分為七大區域：

一、南阿樂基得河地區，進入公園最先看到河流，觀賞水鳥的區域。

二、波瓦力區，有大鸛鳥鎮置遊客中心和旅館，供給食宿休閒。

三、東阿樂基得河區，遠眺流域出海口沖積沼澤、風景秀麗，多處岩石有原住民的原始壁畫。

四、羅連基區，另處欣賞原住民壁畫。

五、黃水區，園內有許多鳥棲息的濕地，可搭遊艇進入沼澤賞鳥看鱷魚。

六、珍珍瀑布、雙瀑區，雨季時河流淹沒低地，無法進入，只有在五月至十月間的乾季，駕四輪傳動車方能進入參觀。

七、瑪莉河區，露營野餐的地區，熱帶雨林中的植物繁茂，記錄令人驚奇，植物多達一千六百多種、動物中哺乳類六十餘種、鳥類二百八十種、爬蟲類七十多種、淡水魚類五十種、昆蟲類超過四千五百種。

卡卡都的土地大部分為原住民干固人所擁有，有償租給政府作國家公園，園內遺留岩石壁畫有五千多處，最長時間達二萬年前，彌足珍貴。根據考古學家研究，干固人在這裡生活已經有五萬年。

1993 年 3 月 4 日澳洲郵局發行世界遺產紀念郵票，一套四枚，面值二元，圖案採取雙瀑，並發行官製原圖卡（圖 1）明信片在乾季攝取，流水趨細，不見飛瀑，銷首日紀念戳，戳圖鴕鳥笨拙可愛。

1 卡卡都國家公園・雙瀑
 銷 1993 年 3 月 4 日
 坎培拉首日紀念戳

烏奴奴・卡達族達國家公園
Uluru Kata Tjuta National Park

烏奴奴・卡達族達國家公園位於愛麗斯泉西南方 461 公里，二處勝景毗鄰約 30 公里，代表不同的沙漠地貌。烏奴奴是整塊岩石成形的紅色石山，高 546 公尺，屹立在一望無際的沙漠上，長 3.6 公里，寬 2.4 公里，周長 9.4 公里，據說埋藏在地下超過 6000 公尺以上，是舉世無匹的沙岩大獨石。當地原住民安納固人取名烏奴奴，意謂「有水洞的地方」。西班牙探險家發現此巨石，以當時南澳省總督艾爾斯來命名，故歐洲人多稱「艾爾斯岩」。卡達族達是由 36 座渾圓而扭曲柱狀的紅色石峰組成，有的獨立，有的連結，其中最高的石峰叫奧加，高 546 公尺，全部面積約 35 平方公里，岩石裂罅中貯水，各種動物來喝水，野生植物也賴以生存。當地原住民卡達人聚集此地舉行祭祀跳舞、燒烤野獸宴樂。卡達族達是卡達人的口語，指「很多頭」的意思。1873 年西班牙探險家發現石峰奇觀，就以當時的西班牙女皇奧加斯命名。1985 年澳洲政府尊重原住民固有地名，將「奧加斯」取消，恢復原名。

居住在烏奴奴周圍的安納固人，許多傳說指出巨岩為聖地。岩石表面粗糙，有數不盡的縫隙和壺狀洞穴，是遭受風吹雨淋的浸蝕結果，又因日間吸收太陽熱能和夜晚涼冷迅速散熱，致岩上寸草不生。裂罅的內壁和地下穴道的壁間塗滿壁畫，是數萬年來祖先留下的文化財，有傳授生活的智慧，有表達歷史的訊息，有繪出尋歡作樂，甚至有描寫英雄的故事。

瑪姬泉在巨岩麓下，不知水源來自何處，波光粼粼，清可見底，活水不斷溢出岩洞間，終年不竭。當日出日落之際，是欣賞烏奴奴最好時機，在陽

光掩映下巨岩顏色，瞬間轉變，猶如萬花筒般的光彩，晨曦由暗褐色轉深紅色，旭日上升毫光萬道，巨岩再變成金黃色，非常絢爛。薄暮即由淺紅色轉紫紅色，再轉成土黃色，又轉成黃褐色，大地終歸一片黑暗，科學家認為巨岩本身含有氧化鐵緣故。

烏奴奴郵票 1993 年 3 月 4 日發行，面值四十五分，圖案烏奴奴巨岩，官方發行明信片銷首日特戳（圖2）。卡達族達郵票在 1979 年 4 月 9 日發行，紀念澳洲國家公園專輯，全套七枚，面值均二十分，由公園和野生動物協會發行的奧加斯風景明信片（圖3），票片和諧，銷首日紀念戳，鑴有展開雙翼老鷹。

2004 年 3 月第 12 期 中華原圖集郵會刊

2 　烏奴奴巨岩
　　銷 1993 年 3 月 4 日
　　坎培拉首日特戳

Photo Courtesy of

TERRITORY PARKS AND WILDLIFE COMMISSION

Uluru
National Park NT

Australia 20c

- 9 APR 1979
ADELAIDE
SA 5000

FIRST DAY OF ISSUE

ASPC 011

3   奧加斯風景
     銷 1979 年 4 月 9 日
     阿德萊德首日紀念戳

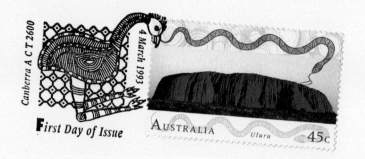

自
由
女
神
雕
像

美
國

America

自由女神雕像是世界最大的雕像，象徵自由民主的立國精
神，位於紐約市國際港口南端，哈德遜河口，聳立在自由
島（原名貝德勞斯島）上，宛如一座巨型的燈塔，指引自
由的航路。雕像身高 152 呎，基座高 89 呎，左手拿著一
本法典，上書美國獨立日公元 1774 年 7 月 4 日，右手高
舉火炬，頭戴皇冠有七道光芒，象徵地球上七大陸和七大
洋，冠上有 25 樘窗口，是瞭望台窗口，夜晚燈光猶如寶
石，閃閃發亮，身著西方古典長袍，神采奕奕、端莊穩重。
1884 年 7 月 4 日法蘭西共和國，祝賀美利堅合眾國獨立
百週年，致贈禮物。由法國雕塑家費德烈·奧古斯督·巴
索迪承製。

巴索迪 1874 年在巴黎著手製作，以母親為模特兒，精心雕塑，費時十年始克完成，雕像切割裝箱，由盧恩港運抵紐約，再行焊接組成。內部骨架由法國著名工程師古斯塔夫·艾菲爾設計，此人即法國著名巴黎鐵塔承造人，採取兩層之間用許多鐵鉤銜接，當強風吹襲時可產生緩衝力量，使雕像搖晃程度減低至最少，設計巧妙。製作雕像使用銅達二十萬磅，配置骨架使用鋼鐵二十五萬磅，總重量約 204 噸，當時製作費用四十萬美元。基座由美國民間捐款建造，美國建築師理查·莫利斯·漢特設計，工程款十萬元。基座有電梯可搭，但登上雕像頭部只有二座螺旋鐵梯，遊客須步行攀登頭部瞭台，可以左看紐約市景，右望紐澤西州。

茲介紹近期蒐集四枚美國自由女神雕像原圖卡於次：

（圖 1、2）百年來美國**自由女神像**受風雨侵蝕，雕像外表剝落非常嚴重，民間基金會募得二千萬美元，停止遊客參觀，徹底整修雕像。1986 年 7 月 4 日國慶日，再度開放，當時總統雷根主持開幕典禮，郵局發行自由女神雕像百週年紀念郵票，圖案為煥然一新的自由女神雕像頭部特寫。明信片：圖一為空照自由女神像頭部鏡頭，圖二則自由女神像半身近照，郵戳為自由島 1986 年 7 月 4 日首日局戳。

（圖 3、4）美國郵局為慶祝千禧年系列紀念郵票，其中有一枚圖案採用**自由女神雕像**包圍在絢麗的煙火中。明信片：圖三自由女神雕像背景為紐約市夜景，圖四自由女神雕像背景為湛藍的夜空，與郵票同樣夜景。郵戳：1999 年 11 月 18 日紐約首日紀念戳，戳圖一枚四方型郵票模型，中央 100 阿拉伯數字貫穿彩帶，上下有英文，上刻慶祝，下刻百年。

自由女神雕像於 1984 年，列入聯合國教科文組織的世界遺產目錄。

2001 年 6 月第 6 期 中華原圖集郵會刊

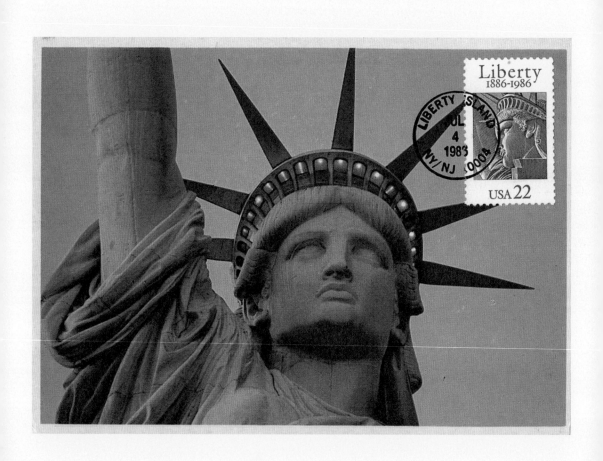

1   自由女神
     銷 1986 年 7 月 4 日
     自由島首日局戳

Statue of Liberty

2   自由女神
　　　　　銷 1986 年 7 月 4 日
　　　　　自由島首日局戳

3 自由女神
　　銷 1999 年 11 月 18 日
　　紐約首日紀念戳

4 　　自由女神
　　　　銷 1999 年 11 月 18 日
　　　　紐約首日紀念戳

巴黎塞納河沿岸

法國
France

塞納河發源於第戎市西面丘陵，至巴黎地勢平緩，水流豐沛，船運順暢，由東向西流過市區中心，最後從西北的勒阿佛禾港，流入塞納灣出海。全長 776 公里，是法國第二長河。公元前四世紀左右高盧人定居法國東部，至公元前二世紀塞爾特族分支的巴黎西人，移居塞納河中的小島，捕魚為生，搭蓋茅屋逐漸形成村落，這裡是巴黎的發祥地，巴黎與塞納河關係密切，不僅將市區分為兩岸，北邊稱右岸，南邊稱左岸；也是丈量的基礎，巴黎測量公路距離和街道門牌編號的起點。

十九世紀初拿破崙三世任命律師出身的喬治・歐仁・奧斯曼男爵擔任巴黎市長，進行巴黎大改造，集合一流的建築

師和工程師規劃各項都市建設，先進的下水道及給水系統工程、改善公共
衛生。大刀闊斧地拆除舊建築和貧民窟，拓寬道路交通、設置廣場、美化
公園及集合住宅區，增進社會福利，奠定現代化的基礎。

1991 年巴黎塞納河沿岸，膺選為世界文化遺產，其範圍：東自聖路易島
的旭力橋，西至艾菲爾鐵塔前的第納橋之間古蹟，茲分述如下：

巴黎聖母院

Cathédrale Notre Dame de Paris

聖母院位於西堤島南側，與聖路易島僅一水之隔，有古橋相通，島上自始
為豪富貴族的宅邸區域。聖母院建於 1163 年，歷經近二百年始完成，屢
經整修復建，展現不同時代風格的歷史建築，西正面為保存哥德式風格，
三座拱門雕刻精緻，紅、藍二色的玫瑰窗前立有聖母像。南北二座方塔高
69 公尺，南塔內 387 級階梯通往塔頂（圖1）。聖母院東端飛扶壁，拱距長
達十五公尺非常壯觀，中央尖塔高 90 公尺，著名的吐火獸排水口飾於廊
台邊緣，造型獨特（圖2）。

1   巴黎聖母院正面
       銷 2005 年 2 月 16 日
       巴黎局戳

74 - PARIS — Abside et Square Notre-Dame

2　　巴黎聖母院側面
　　銷 1947 年 1 月 8 日
　　巴黎局戳

古監獄
Conciergerie

座落於西堤島西端，原為卡佩王朝的皇宮，公元十四世紀法王建造，由入門大廳、武裝者大廳，和用餐大廳組成，隨後發生流血叛變，查理五世將朝廷遷移右岸的瑪黑區，乃改為監獄。1789 年法國大革命後，革命法庭設在此地，犯人等候接受審判，然後送上斷頭台。古監獄南邊正面朝向右岸的景觀最美（圖3）。明信片右側雙塔原為皇宮正門，左邊的方塔是鐘樓。

191 PARIS (1er). - Tribunal de Commerce - Palais de Justice et Conciergerie.

3　　古監獄
　　銷 1947 年 5 月 30 日
　　巴黎局戳

羅浮宮和騎兵凱旋門

Musée du Louvre et Arc de Triomphe du Carrousel

羅浮宮是世界著名的博物館，藏品豐富超過四十萬件，座落於杜樂麗區塞納河右岸。1190 年菲立普二世為防禦維京人搶劫，在北岸建造要塞。1360 年查理五世將堡壘改建皇居，增建角樓高塔。1546 年法蘭斯瓦一世重建羅浮宮，採用文藝復興風格建築，奠定美好的基礎。繼任國王法蘭斯瓦二世、亨利四世、路易十三、路易十四、拿破崙一世、拿破崙三世等陸續擴建，完成「口」字「門」字華麗建築群。1789 年法國大革命，波旁王朝滅亡，皇室藏品充公，新共和政體組成公立博物館。進入二十世紀八十年代密特朗當選總統，領導社會福利黨政府，規劃大羅浮計畫，聘華裔建築師貝聿銘擔綱，構思在拿破崙中庭建造玻璃金字塔，作博物館新入口，擴建地下層為陳列室，但玻璃金字塔遭受媒體和市民抨擊，經耐心溝通說服，終於 1985 年開工，三年後完工，新舊建築相互輝映（圖 4），成為紀念法國大革命二百周年的獻禮。

騎兵凱旋門位於羅浮宮西口，紀念拿破崙 1805 年數次戰役勝利，建材採用玫瑰大理石的小型三拱門構造，雕刻拿破崙所率領的軍隊，門頂有鍍金的勝利與和平神像及四匹駿馬，原置由威尼斯聖馬可教堂奪來「駟馬」真跡，但滑鐵盧戰敗後歸還，現列為複製品（圖 5）。

4   羅浮宮
        銷 1998 年 9 月 12 日
        巴黎羅浮宮首日紀念戳

5　　騎兵凱旋門
　　　銷 1959 年 1 月 17 日
　　　巴黎首日特戳

協和廣場
Place de la Concorde

協和廣場為法國最具歷史性的廣場，位於巴黎中軸線上中央，前瞻香榭麗舍大道的凱旋門，後視騎兵凱旋門背後的羅浮宮，佔地約八公頃有餘，原為塞納河畔沼澤地。1755 年開發為廣場，立路易十五雕像，命名為路易十五廣場。1785 年法國大革命雕像拆除，更名革命廣場，架起斷頭台處決犯人，不計其數，包括路易十五和皇后瑪麗，革命領袖羅伯斯比和坦敦。1794 年恐怖統治結束，再改名為協和廣場，象徵和諧共生。廣場中央聳立方尖碑，高 23 公尺，重 230 公噸，來自埃及路克索神廟。超過三千三百年歲月，四面雕刻象形文字，歌頌法老拉美西斯二世和三世的功蹟，另有海神青銅像立在噴水池中，八座女神像環繞四周，代表法國八處城市（圖6）。

6 　協和廣場
　　銷 1947 年 7 月 27 日
　　巴黎萬國郵盟紀念戳

香榭麗舍大道
Avenue des Champs-Élysées

香榭麗舍是希臘文，意指英雄或君子之路，兩側梧桐樹的林蔭大道和寬闊
的人行道，整齊美麗。全長 2 公里、寬 71 公尺，法國的重要慶典或活動，
均在此地慶祝或舉行，大道上車輛往來如梭，每日訪客大約有三十萬至
五十萬人，非常熱鬧。從協和廣場至香榭麗舍圓環，兩旁樹林公園內、林
深處隱藏許多豪宅，如大皇居、小皇居、總統府的愛麗絲宮。從香榭麗舍
圓環至凱旋門，商店林立，有餐廳、咖啡館、電影院、航空公司。兩側街
巷聚集大飯店、酒吧、精品服飾店，展現巴黎的浪漫情調（圖7）。

1 香榭麗舍大道

    銷 1995 年 1 月 1 日

    巴黎首日紀念戳

凱旋門
Arc de Triomphe

1805 年奧斯特利茲戰役勝利，拿破崙命令興建紀念建物。1806 年挑選位於香榭麗舍大道西端修建，由於設計爭議和拿破崙勢力崩潰，拖延至 1836 年才完成。大拱門高 49.54 公尺，寬 44.82 公尺，東西面牆有四座巨型浮雕，向香榭麗舍大道的東牆，右側雕繪馬賽進行曲：1792 年志願兵從軍，左側的 1810 年的勝利，西牆主題「反抗」，左側為「和平」。又東西牆面上端及南北小拱門上方共有六幅長方形浮雕，描繪法國歷史上重要戰役和光榮事蹟。環繞在整座建築上方的橫飾帶，雕工精美，是新古典主義的經典作品，拱門內壁還刻上 558 位為國捐軀的將軍姓名（圖 8）。拿破崙有生之年無法親見凱旋門完成，遺囑要求歸葬巴黎傷兵院。1840 年其遺骸從聖赫勒那島迎回巴黎時，運靈馬車特別安排由凱旋門經過，以慰英靈。

1921 年 11 月 11 日法國政府在凱旋門下，將一名於第一次世界大戰為國犧牲的不知名士兵埋在前庭，1923 年同日設長明燈，點燃聖火表彰軍魂，凱旋門成為軍人的榮譽聖地，明廊上長年懸掛巨大的法國三色國旗，隨風飄揚，另有一番嚴肅尊崇（圖 9）。參觀凱旋門從戴高樂廣場（原稱星辰廣場）地下道進入，由地下層搭乘電梯至頂層，內有小型博物館，展示有關建築文物，登上陽台可眺望環繞四周的十二條大道和市區景色。

22. PARIS - L'Arc de Triomphe - *The Arch of Triumph*   U.A.T.

8   凱旋門
        銷 1949 年 10 月 26 日
        巴黎局戳

9　　凱旋門
　　銷 1973 年 11 月 10 日
　　巴黎首日紀念戳

夏佑宮
Palais de Chaillot

座落於塞納河右岸，隔河與艾菲爾鐵塔相對，1937 年法國舉辦萬國博覽會所建，兩座呈圓弧拱列翼廊、新古典主義風格，東側翼廊設有法國古蹟博物館、電影博物館和圖書館、國立夏佑劇院。西側翼廊設人類博物館、航海博物館。兩翼廊間的廣場有金色銅像，長方形水池冒出巨大水柱的噴泉，平台上有希臘神話的海克力斯和阿波羅雕像（圖 10）。

PARIS — Vue Aérienne du Palais de Chaillot   Cliché L. P. V. A.

10　夏佑宮
　　銷 1948 年 12 月 11 日
　　巴黎特戳

國會大廈波旁宮
La Chambre des Députés (Le Palais Bourbon)

座落於塞納河左岸，與協和廣場隔河相望，1722 年路易十四為女兒波旁女公爵所建。1807 年拿破崙增建十二根科林斯式石柱和三角形山牆的門廊，希臘古典式建築風格，第二次世界大戰後修建為國會大廈（圖 11）。

11　國會大廈波旁宮
　　銷 1971 年 9 月 2 日
　　巴黎紀念戳

傷兵院
Hôtel des Invalides

傷兵院位於塞納河左岸，前有瑰麗的亞歷山大三世橋，古典建築與美術橋樑互相崢嶸。

1671 年路易十四鑒於許多傷兵及退伍士兵流浪街頭，無家可歸，下令興建傷兵院，1676 年完成。廣場長 500 公尺，寬 250 公尺的大草坪，正面建築長 195 公尺，宏偉簡樸，能大規模收容傷兵和老兵。榮譽中庭，綠樹扶疏，噴泉淙淙，羅列雕像。中庭西側軍事博物館，展示各時代武器盔甲，迴廊置各種火砲。聖路易教堂建於 1677 年，為軍人禮拜和祈禱之用。古典主義風格。最後有圓頂教堂，路易十四建於 1679 至 1706 年間，文藝復興式建築，原安置幾位重要將軍和皇族的寢棺，後來拿破崙的陵寢也安置在此教堂（圖 12）。

12　　傷兵院
　　　銷 1946 年 7 月 29 日
　　　巴黎局戳

艾菲爾鐵塔
Tour Eiffel

座落於塞納河左岸，第納橋南畔。隔河與夏佑宮相望，是觀賞艾菲爾鐵塔的最佳地點。

1889 年紀念法國大革命一百周年，舉辦萬國博覽會而所建。工程師古斯塔夫‧艾菲爾提出世界最高鐵塔，設計高度 300 公尺，造型簡潔，鋼骨結構的作品入選。1887 年 7 月 28 日動工興建，施工期間受審美家不斷抨擊，因為經營權僅二十年，屆期難免遭受拆除之命運。但無線電報的發明，被相中為最好的發射台。1909 年逃過一劫。二十世紀科技猛進，鐵塔的功能越來越重要，標準報時器、氣象測驗站和電視發射台均需高塔。艾菲爾鐵塔不僅融入市民生活中，也成為巴黎觀光地標，每年遊客超過六百萬人次，每日塔前大排長龍，不怕長時間等候的遊客才能進入。鐵塔內共三層：第一層距地 57 公尺，可搭電梯或爬樓梯 345 級上去，設有郵局和簡報室放映短片，介紹鐵塔有關事蹟。第二層距地 115 公尺，可搭電梯或爬樓梯 359 級上去，設有數家餐廳供遊客邊吃美食邊欣賞窗外風景。第三層距地 276 公尺，可搭電梯或爬樓梯 1652 級上去，平台可容納四百遊客。目前鐵塔高度包括頂端的電波發射器計 319 公尺（圖 13）。

2007 年 11 月第 18 期 中華原圖集郵會刊

13　　艾菲爾鐵塔
　　　銷 1939 年 6 月 23 日
　　　巴黎艾菲爾鐵塔支局戳

自攝 2010 法國 Garré

羅亞爾河谷的城堡

法國 France

羅亞爾河是法國境內最長的河流，全長有 1020 公里，發源於地中海海岸的塞文山脈南麓，向北蜿蜒流淌，至奧爾良折向西流，經過杜爾，在南特形成寬闊的河口灣，注入大西洋。兩岸風光秀麗，氣候溫和，日照充足，適宜栽種葡萄。左岸主要支流有阿列河、雪河、維埃納河和安德荷河；右岸有曼恩河。

九至十世紀法國面臨內憂外患，國王與貴族爭鬥不斷，加上北方蠻族—諾曼人入侵，起初在沿海岸突襲村莊和修道院，繼則上溯塞納河和羅亞爾河，深入內陸劫掠，並在河口建立基地。國王任命強人羅伯防守兩河之間諸省防禦，無奈顧此失彼鞭長莫及。於是在公元 911 年與諾曼人首領

訂立聖克雷‧須‧艾特條約，要求諾曼人改信基督教，尊奉國王為君王，贈與領地，封為諾曼第公爵，導致卡洛林王朝積弱。後來羅伯家族由攝政而國王，宇格、卡佩被選為國王，建立卡佩王朝。十一世紀腓力一世在位時，發生二件大事，一為1066年諾曼第公爵入侵英格蘭，另一為1096年教皇發動第一次十字軍東征。

路易七世1137年登基，迎娶聖阿奎丹的女公爵艾麗諾為皇后，新娘乃是基永、加斯孔尼兩公國和中部許多采邑的繼承人，擁有龐大的領地，但路易參加第二次十字軍東征，歸國後與艾麗諾離婚。女公爵二個月後改嫁諾曼第公爵（後來的英國國王亨利二世）金雀花王朝即時擁有英倫諸島和法國大部份版圖。金雀花王朝和卡佩王朝兩雄衝突勢將難免，持續一百多年的明爭暗鬥，雙方各有勝負。1328年法王查理四世無子嗣，王位移轉至瓦洛家族腓力六世，進入瓦洛王朝。1337年英法百年戰爭無法迴避，終於爆發。

羅亞爾河流域自九至十四世紀修建的城堡，都是軍事用途，多達一百多座，英法百年戰爭後毀壞殆盡，十五至十六世紀瓦洛王朝興建皇宮式城堡，是羅亞爾河最風光時期，十七世紀後波旁王朝重心遷至巴黎，光彩漸漸散去。

2000年羅亞爾河谷登錄世界文化遺產，範圍是上游自蘇利‧須‧羅亞爾（奧爾良附近），下游至夏洛恩（靠近翁傑）。茲從下游城堡開始介紹於下：

翁傑堡
Château d'Angers

座落在羅亞爾河和支流曼恩河交滙處，是羅亞爾河的大門戶。十三世紀初
路易九世初建，十五世紀間安茹公爵任內重新整建並增設花園。原十七座
圓型塔樓圍繞的城堡，便用安茹地區特有的黑色頁岩和白色泥灰岩砌造，
外觀呈黑白相間的線條，仿羅馬式風格建築。1585 年宗教戰爭劇烈期間，
亨利三世下令拆除城堡，城主不想拆除，又不敢違令，祇好慢慢拆除，先
將屋頂防禦工事削平，不久亨利三世被暗殺遇難，城堡逃過一劫（圖1）。

翁布瓦茲堡
Château d'Amboise

座落在羅亞爾河土爾地段河畔上，初建於中世紀的城堡，十五世紀末查理
八世改建為豪華皇居，只占當時城堡的小部份，保留二座入口的巨型主
塔，內有巨大的螺旋樓梯，馬隻可直上運送糧食，可看出當年城堡的雄
偉。查理八世從義大利帶回許多建築工匠改建，受義大利文藝復興影響的
建築，是瓦洛王朝重要城堡（圖2）。歷代國王經常居住此城。1516 年法蘭
斯瓦一世在此城接待達文西，安排在附近克羅·律榭堡定居。

1   翁傑堡
        銷 1943 年 12 月 1 日
        翁傑局戳

2　　翁布瓦茲堡
　　　銷 1963 年 6 月 15 日
　　　翁布瓦茲首日連體紀念戳

克羅・律榭堡
Château du Clos-Lucé

鄰近翁布瓦茲堡的小型城堡，前有寬敞的庭園，初建於十四世紀，以紅磚和白石灰岩所蓋的皇室別墅。法蘭斯瓦一世好學博聞，雖終生忙於征戰，但酷愛文藝復興風格，經常延攬義大利的建築師和藝術家前來法國。1516年邀請達文西前來，居住在克羅・律榭堡，一樓作工作室、二、三樓為大師和隨侍的寢室。大師是曠世奇才，君王為文武全才，兩人一見如故，經常在翁布瓦茲促膝長談，徹夜不眠。晚年大師病故，埋骨異鄉（圖3）。

3 　　克羅‧律榭堡
　　　　銷 1973 年 6 月 23 日
　　　　克羅‧律榭首日紀念戳

希濃堡
Château de Chinon

座落在羅亞爾河支流維恩河岸上，原為羅馬時代三世紀所建城堡，十一世紀被安茹家族取得，十二世紀亨利二世曾經擴建城堡，現已成為廢墟（圖4）。希濃堡曾發生二件歷史大事，其一安茹家族的父子相鬥爭，父親亨利二世被兒子理查（獅子心王）打敗，抱病流亡到希濃堡去世。十年後理查又被卡佩家族腓力二世圍城飲恨陣亡。其二英法百年戰爭間，聖女貞德在希濃堡晉見太子查理（後來的查理七世），貞德自稱上帝派來的使者，查理喬裝躲在群臣中間，一眼被認出，查理不得不相信貞德，給與一支雜牌軍隊，由希濃堡出發抵抗英軍，一路打敗英國正規軍，奇蹟似的勝利，扭轉法國的命運。

雪濃梭堡
Château de Chenonceau

橫跨於羅亞爾河支流雪河上，映射在水面的城堡倒影最美麗，宛如天上宮闕，神仙居所，千姿百態，如夢似幻。十六世紀初財務官湯姆士·勃依耶購得馬克家族舊城堡，保留中世紀的馬克塔，以文藝復興風格重建，由其夫人負責監工，竣工數年後夫人去世。1533 年亨利二世與凱瑟琳·梅迪奇結婚，雪濃梭堡成為王室別墅，1549 年亨利二世將城堡贈與情婦黛安娜·普瓦堤耶。十年後國王駕崩，皇后以秀蒙堡，強迫黛安娜換回雪濃梭堡。凱瑟琳皇后在原有橋上增建廊橋，長 60 公尺，寬 6 公尺，擁有 18 樘拱型長窗，使城堡外觀更加飄渺空靈（圖5、6）。城中腹地奇廣，四周森林散佈橘園、葡萄園、酒莊和馬廄，還有法國幾何狀的花園，十全十美。

4　　希濃堡
　　銷 1993 年 4 月 24 日
　　希濃首日紀念戳

CHENONCEAU

5   雪濃梭堡
     銷 2003 年 9 月 20 日
     雪濃梭首日紀念戳

6　雪濃梭堡
　銷 1944 年 6 月 10 日
　雪濃梭首日紀念戳

阿列‧勒‧伊多堡
Château d'Azay-le-Rideau

座落在羅亞爾河支流安德荷河畔，1518 年法蘭斯瓦一世財務大臣吉利‧貝爾特洛所建，後因部屬貪污案，怕被牽連畏罪逃亡國外，城堡最後被國王沒收。城堡呈 L 型，屋頂老虎窗、圓柱塔和小尖塔，本是文藝復興風格，卻混合傳統式的角樓（圖7）。後面水塘，與護城河，堤堰交織成水道網，幽雅高尚。

7　　阿列·勒·伊多堡
銷 1987 年 3 月 9 日
首日紀念戳

隆傑堡
Château de Langeais

座落在羅亞爾河土爾地段左側河畔，944 年安茹家族福克・尼拉敕建城堡，目前只保存一座石造主塔，1465 年路易十一世改建為防禦性城堡，入口有起降吊橋，城牆上並列的落石口、發箭口和發炮口，戰鬥功能齊備。（圖8）郵票銷 1968 年 5 月 4 日 隆傑首日連體紀念戳。1491 年查理八世娶布列塔尼女公爵為皇后，在城堡舉行婚禮，命運多舛的安妮皇后為領地，一嫁再嫁，不由自己。

8　　隆傑堡
　　銷 1968 年 5 月 4 日
　　隆傑首日連體紀念戳

薇擁德希堡
Château de Villandry

座落在羅亞爾河土爾地段右側河畔，初建於十二世紀，1536 年法蘭斯瓦一世令財政大臣讓·布黑頓負責建造，由於布黑頓曾駐義大利為大使，擅長文藝復興風格，將十二世紀殘餘的城寨與新建的城堡結合，構成文藝復興建築風格，又監造文藝復興風格的庭園，完工後庭園勝過城堡。占地七公頃的幾何圖形庭園，非常瑰麗，分為三段，上段一座大水池的水公園，中段裝飾花園，由紫杉和黃楊修剪成幾何圖形的樹叢，中央栽植各種花卉，下段利用各種蔬菜和果樹組成幾何形的庭園（圖9）。

9　　薇擁德希堡
銷 1954 年 7 月 17 日
薇擁德希首日特戳

香波堡
Château de Chambord

座落在羅亞爾河支流克頌河左岸附近，原有建物在布隆森林中的狩獵小屋，法蘭斯瓦一世看上廣闊的森林，夢想一座與眾不同的城堡，歷經三位國王和一百多年才完工。法國規模最大的城堡，擁有精緻的房間 440 間，融合義大利文藝復興和法國傳統建築、風格獨特。中央圓形主塔共有四座，屋頂天線華麗繁複，中間聳立登頂塔樓，高 32 公尺，貝殼狀圓頂和尖塔林立，黑白交替的細長煙囪和老虎窗交錯，突出雲霄（圖 10）。堡內還有旋轉雙梯，傳說出自達文西的構思，其巧妙之處在上樓和下樓的人互不相遇。

10　　香波堡
　　　郵票銷 1952 年 5 月 30 日
　　　香波首日特戳

布洛瓦堡
Château de Blois

座落在羅亞爾河土爾地段左岸山坡上，十三世紀布洛瓦伯爵的城堡，十五
世紀末路易十二世登基，成為瓦洛王朝的皇宮，着手擴建，保留東北角作
為三級會議廳的舊城寨（所謂三級會議即是由教士、貴族和市民組成的全
國性會議）。路易十二世擴建北面側翼，正門上方有路易十二世騎馬雕像，
外觀紅磚黑瓦及突出老虎窗，是十五世紀流行的哥德火焰式建築，法蘭斯
瓦一世擴建北面，突出中庭的八角形螺旋樓梯，外面鏤空，壁柱雕琢。喀
斯彤・奧爾親王擴建西面側翼，古典式風格。布洛瓦城堡集四項建築風格
於一城，橫跨十三至十七世紀的歷史城堡（圖11）。

11　布洛瓦堡
　　銷 1960 年 5 月 21 日
　　布洛瓦首日特戳

雪維尼堡
Château de Cheverny

座落在羅亞爾河支流布威隆河附近森林裏，在十七世紀中葉是亨利四世大臣亨利・胡荷爾特的私人城堡，法國古典式建築（圖12）。城堡呈一字型，中央大門狹仄，兩翼伸長，邊樓寬大，前庭後園環繞護城河，不同風格的城堡。

12　　雪維尼堡
　　　銷 1954 年 6 月 20 日
　　　雪維尼首日特戳

秀蒙堡

Château de Chaumont-Sur-Loire

座落在羅亞爾河布洛瓦地段山坡上，初建於十五世紀古典式城堡，歷代均
有修整，外觀雄壯，背山面河，毗鄰森林蓊鬱，景色幽雅（圖13）。1560
年亨利二世逝世，皇后凱瑟琳為報復情敵黛安娜，以秀蒙堡強迫交換雪濃
梭堡，兩方應是各取所需，秀蒙堡寧靜閒逸適合晚年安養。

13   秀蒙堡
      銷 2006 年 9 月 2 日
      秀蒙須羅亞爾首日紀念戳

瓦倫榭堡

Château de Valençay

座落在羅亞爾河布洛瓦地段私人城堡，十六世紀中葉開始興建，城堡主體呈 L 型，北面入口的主塔仿中世紀造型，西面側翼十七世紀增建，是法國傳統古典風格，天際線煙囪，尖塔和老虎窗林立（圖 14）。

14　　瓦倫榭堡
　　　銷 1957 年 10 月 19 日
　　　瓦倫榭首日連體紀念戳

蘇利・須・羅亞爾堡
Château de Sully sur Loire

座落在羅亞爾河奧爾良地段河畔，四方型防禦城堡。周圍有護城河環繞，
初建於十四世紀，主塔之外四邊角落各有一座圓塔，十七世紀亨利四世大
臣蘇利公爵整修作豪華的別墅（圖15）。

2008 年 5 月第 19 期 中華原圖集郵會刊

15　　蘇利‧須‧羅亞爾堡
　　　銷 1961 年 10 月 7 日
　　　蘇利‧須‧羅亞爾首日連體紀念戳

西班牙 · 馬德里 自攝 2010 年

多瑙河畔的世界遺產

歐洲

Europe

多瑙河是歐洲第二大河，僅次於伏爾加河，流經德國、奧地利、斯洛伐克、匈牙利、塞爾維亞、保加利亞、羅馬尼亞和烏克蘭等八國。發源於德國西南部黑森林山麓東側，源頭有二：一為布里加赫河長 43 公里。另一是布雷格河長 49 公里，兩河在多瑙埃興根小鎮匯合。神聖羅馬帝國統治時期只是兩條小溪，脈脈清流由泉眼湧出，岸上有神龕奉祀多瑙河女神像，牆上鏤刻德文：「由此到海 2840 公里」上游從河源至西喀爾巴仟山脈的匈牙利門峽；中游從匈牙利門峽至羅馬尼亞的鐵門峽；下游從鐵門峽至黑海河口，河長 2850 公里。一千多年來河流增長約 10 公里，由於河水夾帶大量泥沙，沈積河口，三角洲擴大，匯水面積超過 80 萬平方公里，每年以 10 公尺的速度吞蝕黑海。

多瑙河又是著名的國際航道。從德國的邊境重鎮帕紹至奧地利的瓦豪溪谷之間，水流非常湍急，在還沒發明蒸氣船的時代，逆水行舟是十分艱難的工作，必須利用馬匹縴引，船隻才能前進，岸邊也特別開闢馬隻專用道。1989 年萊茵河－美因河－多瑙河間運河通航，萊茵河水系的國家有荷蘭、比利時、法國、瑞士、德國等國，利用美因河的運河進入多瑙河水系旅遊，前往維也納或布達佩斯觀光，搭乘一千五百噸級的遊艇，沿河欣賞美麗風光，相當受到歡迎。

經查聯合國教科文組織的世界遺產名錄，和世界各國地圖集得知多瑙河流域登錄為世界遺產計有五處，奧地利有 1996 年登錄的熊布倫宮及其花園，2001 年登錄的維也納歷史城區，2000 年登錄的瓦豪文化景觀。匈牙利有 1987 年登錄的布達佩斯（包括多瑙河沿岸和布達城堡地區）。羅馬尼亞有 1991 年登錄的多瑙河三角洲。茲將有關上述的原圖卡，分述於次：

維也納熊布倫宮及其花園
Schönbru Palace & Gardens

熊布倫宮位於維也納舊市區西南方約 4 公里，現在已劃入新市區，原為維也納森林的延伸地帶，是哈布斯堡皇室狩獵行宮，林中有一處泉水，清淨甘甜，命名美麗之泉，熊布倫是中文音譯，故又名美泉宮。

1605 年匈牙利人叛亂時，行宮被焚毀，重建後，1683 年首席大臣穆斯塔法率領土耳其大軍、圍攻維也納城時，又遭摧殘。土耳其軍隊被擊退後，一直荒廢。1696 年利奧波一世聘請建築師費瑟爾‧馮‧埃爾拉赫修建為巴洛克風格的夏宮，其規模超越法國的凡爾賽宮，可惜資金不繼，工程被迫停工。迨女皇瑪麗亞‧泰瑞莎登基後，1773 年委聘建築師尼可拉斯‧帕加西專權修建宮殿和花園，宮殿採取嚴謹對稱設計，美侖美奐，外牆粉刷特殊的粉黃色的油漆，配上綠色油漆的窗櫺，瑰麗雄偉，宮內廳室充滿洛可可的情調，壁上貼白鑲板，以金箔鑲邊，有的金碧輝煌，有的樸實無華，計有 1441 間房間，各有不同風格，淋漓盡致 (圖1)。

花園面積達26,000平方公尺，噴泉和雕像，小徑和林蔭道，縱貫穿花壇間，1752 年創設動物園，網羅歐洲、非洲和亞洲的特有動物，是世界第一座動物園，園內中央建一座八角形的樓閣，眺望周圍景色。前方修建棕櫚室，是熱帶溫室，栽培各種珍奇的植物，以供觀賞。1778 年右側花圃仿造羅馬廢墟，由科林斯式圓柱構成。花園中央修建一座大型海神尼普頓雕像的噴泉，1780 年由曹納設計。1775 年在後側山坡上建榮耀拱廊，結構宛如凱旋門，非常醒目 (圖2)。

1　　維也納熊布倫宮
　　　銷 1999 年 7 月 26 日
　　　維也納局戳

2　　維也納熊布倫宮花園
　　　銷 1947 年 9 月 17 日
　　　維也納局戳

維也納歷史城區
Historic Centre of Vienna

公元 955 年神聖羅馬帝國奧圖一世，把匈牙利人趕出東邊防區，改名奧塔利希，命巴奔堡公爵管理，此時維也納是貿易重鎮。1246 年腓特烈二世逝世後，各家爭權奪位，最後由哈布斯堡家族取得統治，魯道夫一世公爵屬精圖治，維也納成為堡壘城市。1452 年腓特烈五世被推舉為神聖羅馬帝國皇帝，維也納成為歐洲城市和帝國核心。瑪麗亞‧泰瑞莎女皇（在位期間 1740－1780 年）漫長統治期間，提出多項變革，深受人民愛戴。維也納成為冠蓋雲集，歌舞昇平，近悅遠來的「音樂之都」。

1857 年法蘭茲一世，英明的領導下，拆除維也納城垣，改鋪長達 5.3 公里的環城大道，宮廷和國家的公共建設紛紛建置，舊市區欣欣向榮。茲將名勝古蹟介紹於下。

a. 聖史提芬大教堂 Stephansdom

位於維也納市區中心，巴奔堡家族於 1137 年初建，採羅馬式風格，將教堂奉獻給使徒言行錄中聖者史提芬。原教堂焚毀於 1230 年重建，仍採羅馬式，木構屋頂易遭燒毀。進入哈布斯堡家族統治，於 1304 年動工，採哥德式風格，只保留西側立面為羅馬式，左右兩側尖塔採異教徒塔樓，高度均 66 公尺。1433 年完竣的南塔，高 137 公尺，入口在教堂外側，有狹窄的螺旋梯可登，爬上 343 級階梯可達塔中瞭望台。北塔高 60 公尺。當時工程未完，後來加蓋綠色圓穹，教堂內有電梯可搭上去。1556 年教堂屋頂竣工，使用 25 萬片黃、綠和黑三色磁瓦，拼成幾何圖樣，最為美麗（圖3）。

3 　　 聖史提芬大教堂
　　　　 銷 1946 年 12 月 14 日
　　　　 維也納局戳

b. 卡爾教堂 Karlskirche

位於維也納城垣外偏南地區，現已劃入市區卡爾廣場上。1713 年黑死病肆虐維也納，卡爾六世祈求平息黑死病，發願建造教堂，藉免市民罹病死亡，奉獻給守護聖人卡爾‧波羅梅歐。翌年舉辦教堂設計競圖，由建築師埃爾拉赫贏得這項榮譽，在 1723 年動工，教堂於 1737 年完工，此座典型的巴洛克風格的教堂，中央高聳的圓穹頂，正面仿古希臘神殿的柱廊，階前石級兩側石柱上立新舊約聖經的天使像，教堂兩旁屹立仿自羅馬圖雷真圓柱的紀念柱，柱上螺旋形的圖案刻著守護聖人一生行誼的浮雕，左柱描繪堅定的信念；右柱則闡述勇氣。山牆上屹立聖人波羅梅歐雕像，山牆內浮雕是維也納市民遭遇黑死病的情景（圖4）。

教堂前方是卡爾廣場地鐵站，隔著瑞索公園。左側工技大學，右側市立歷史博物館和音樂廳。

4　　卡爾教堂
　　　銷 1947 年 11 月 16 日
　　　維也納局戳

c. 貝爾維第宮 Belvedere

座落於維也納城垣外南郊，距離卡爾教堂甚近。是薩伏依的歐根親王的夏宮，1683 年土耳其大軍圍攻維也納時，親王率領聯軍擊敗土耳其軍隊，功勛顯赫。上貝爾維第宮建於 1714 至 16 年之間。下貝爾維第宮建於 1724 至 26 年之間。由建築師希爾德布朗設計，兩棟宮殿屋頂猶如華蓋造型，仿自土耳其軍隊帳篷。是巴洛克式宮殿建築的典型。吉拉德設計的庭園在上、下貝爾維第宮之間，有緩和傾斜的寬廣山坡，依地形分成三層的法國式花園，每層各有古典涵意，由下至上，下層象徵四大元素，中層象徵帕拉斯山，上層象徵奧林帕斯山，三層之間有二處階梯瀑布，園內佈置各類美術雕像，盡善盡美。上貝爾維第宮位於花園最高處，外觀比下貝爾維第宮更為華麗精巧，宮中有宏偉的皇宮大廳，凸顯歐根親王的榮耀（圖 5）。

目前上宮的禮拜堂和大理石廳闢為十九、二十世紀奧地利美術館，下宮為中世紀巴洛克美術館。

5　　貝爾維第宮及其花園
　　銷 1971 年 11 月 2 日
　　維也納局戳

d. 新市政廳及市政庭園 Neues Rathaus & Rathauspark

座落環城大道西南側，新哥德式風格的新市政廳，建於 1872~83 年之間，原市政廳關為省議會。建築師施密特設計正是中央大塔樓，塔頂屹立一尊甲冑騎士雕像，川廊有美麗的花飾窗格和精雕細琢的陽台，左右兩翼各有兩座尖塔，高度只及主塔一半，高低有序，整體外觀大方莊重（圖 6）。

市政廳對面是市政廳廣場，1820 年利用拿破崙軍隊摧毀的城垣騰出空地，修建一座花園，名稱叫市政庭園。園中玫瑰園栽植各類玫瑰有一千多種，春夏之交盛開，千紫萬紅（圖 7）。

還佈置許多公民的紀念碑，如總統卡爾·雷納，歷任市長賽茨和克爾納、藝術家爾德密勒、作曲家拉納和約翰·史特勞斯。聖誕時節舉辦市集，在巨大的聖誕樹下，商人架起帳篷和攤位、水果、糖果、麵包和手工藝品，應有盡有，琳瑯滿目。

6　　新市政廳
　　銷 1983 年 9 月 23 日
　　維也維市政廳百周年紀念首日戳

7　　市政庭園
　　銷 1947 年 9 月 8 日
　　維也納特戳

e. 國會大廈 Parlament

位於新市政廳廣場右鄰，十九世紀大建築工程，建於 1874 至 1884 年之間，建築師漢森是丹麥人，採取新古典式風格，正立面仿古希臘神殿，表達哈布斯堡王朝繼承法統地位。門廊八根愛奧尼亞式圓柱，迴廊裝飾六十座希臘與羅馬著名人物的大理石像，山牆內描繪政治家、學者和古代戰車的浮雕。大廈前方一座大型的帕拉斯雅典娜噴泉（圖8）。

f. 城堡劇院 Burgtheater

座落於環城大道上，與市政廳隔著馬路相望，原址為瑪麗亞·泰瑞莎女皇修建劇院。1888 年由建築師哈瑙爾和山柏設計，改建為文藝復興式風格的城堡劇院，是維也納四座國家劇院之一。正立面橫飾帶上方聳立阿波羅雕像，左右兩側豎立音樂女神塔力亞塑像和文藝女神繆思塑像，屋頂欄杆林立天使像（圖9）。

8　　國會大廈
　　　銷 1947 年 11 月 16 日
　　　維也納局戳

9　　城堡劇院
　　　銷 1956 年 1 月 21 日
　　　維也納局戳

瓦豪文化景觀
Wachau Cultural Landscape

位於多瑙河上游，距離維也納以西 70 公里，在右岸有梅爾克古鎮，其後側山崖上看到一座雄偉莊嚴、高聳入雲霄的梅爾克修道院，是奧地利巴洛克風格精華的修道院。原址為巴奔堡王室興建於十世紀末的城堡，1098年將城堡獻給天主教本篤會，由於馬札爾蠻族的威脅仍然存在，保留城堡結構，改建為修道院。1683 年土耳其大軍圍攻維也納時，梅爾克也被攻擊，修道院全部摧毀。1702 至 1704 年間由建築師賽朗陶爾設計，裏外建設為巴洛克式修道院，中央的圓穹頂和正立面異形的雙塔樓，外表鵝黃色的建築，屹立在翠綠叢林的高崗上，倒映在河水上，時有雲霧繚繞修道院，如夢似幻，人間天堂。

從梅爾克沿多瑙河至克雷姆斯之間約 35 公里，是瓦豪溪谷的區域，兩岸夾山，散布古堡、教堂和村落市鎮，氣候溫和潤濕，日照充足，山坡處處有葡萄園，出產葡萄酒著名，居民不僅為自己製造橡木酒桶，還為孩子訂製同樣酒桶，刻上名字裝酒。酒窖石壁縫中分泌一種稀黏稠的泥漿，據說好酒窖才能分泌泥漿。釀酒師儲葡萄酒時，在泥漿按上同年代的硬幣作為證物。

杜倫斯坦古鎮有瓦豪溪谷的寶石美譽，四周有城牆環繞，鎮內只有一條鋪著石板大街，兩邊民宅和店舖林立，中世紀的鑄鐵招牌高掛，古色古香。巴洛克風格的教堂，華麗堂皇，鎮後山頂古堡已成廢墟（圖 10）。

山頂城堡在十二世紀末曾經囚禁英王理察一世，當時英王驍勇善戰聞名，有「獅心之王」的暱稱。且說 1190 年英王響應教皇徵召，參加第三次十

字軍東征，圍攻耶路撒冷聖城。被推舉為聯軍組成的總司令，三年期間征戰毫無建樹，身心俱疲，走海路班師英國，不幸在地中海遭遇暴風全軍覆沒。理察一世被吹到亞德里亞海岸，喬裝為商人走陸路闖關，行到杜倫斯坦地區，使用金幣付稅，但當地人未曾看過，發生糾紛，且態度傲慢，身份可疑，被送到山上城堡禁閉。

英王失蹤後，忠僕布朗代爾打扮成流浪藝人沿途吟唱，明查暗訪英王下落，來到奧地利領內終於打聽到消息。趕快返國籌錢為國王贖身。理察一世也被轉送到神聖羅馬帝國皇帝亨利六世宮殿，談判結果以付十五萬馬克為贖金，獲得自由，結束一年三個月囹圄生活。

10   杜倫斯坦古鎮
       銷 1948 年 10 月 5 日
       杜倫斯坦局戳

布達佩斯
Budapest

從維也納到布達佩斯，可搭乘噴射快船或載客輪船，順流向東約 60 公里，進入斯洛伐克，河左是首都布拉第斯拉瓦，航行二十多公里，流入匈牙利沿兩國共同邊界流淌，經過匈牙利門峽後流入平原低窪地，河寬達 1.6 公里，水流減緩，兩岸堆積泥沙，河床變淺。在埃斯泰戈姆和維茲格拉德之間，是多瑙河彎區，河流由東轉南，前有森探卓島，河分兩支流，東側水道是國際航道，西側水道為愛好水上運動的民眾使用。流進布達佩斯北郊再匯合為一，穿過瑪格麗特橋和阿爾帕德橋之間，眼前出現一座美麗的小島，人稱瑪格麗特島，市區碼頭就在岸邊。

1872 年布達與佩斯加上歐布達合併為大首都，市容無處不美，有多瑙河的珍珠美譽。歐布達在丘陵區布達北側，是古羅馬時期的阿奎肯，原地發掘出神廟、集會所、大小浴場等遺址，另有水道橋、城牆、圓形競技場在郊外。布達城堡山上北側馬提亞斯教堂，初建於十三世紀，華麗宏偉，前方漁人堡猶如童話中城堡，建於二十世紀初。北側布達皇宮，雄壯瑰麗。走到山麓下的克拉克·亞當廣場，零號里程牌是布達佩斯到各地的起點，跨過多瑙河東岸，國會大廈建於十九世紀末葉，樓塔崢嶸，茲說明於下：

a. 馬提亞斯教堂及漁人堡 Matthias Kirche mit Fischermen's

馬提亞斯教堂原為建於 1250 至 1269 年的聖母瑪麗亞教堂，羅馬式風格建築。1485 至 1490 年國王馬提亞斯徹底整修，融合哥德式風格，但塔樓卻是文藝復興式風格，屋頂採用彩瓦拼鑽石圖案花紋，非常耀目。國王勇敢專權，處事公正，甚得貴族和平民愛戴，教堂雖獻給聖母，名稱仍然稱馬提亞斯。1546 年土耳其軍隊佔領布達，教堂改作清真寺，長達 150 年，十八世紀末擊敗土耳其後，重新修復。1873 年至 96 年整修，建築師符立傑·舒勒克恢復十五世紀外貌。

漁夫堡建於 1905 年，美化城垣和瞭望之用，建築師也是符立傑·舒勒克，結合新哥德式和新羅馬式風格，包括七座塔樓、欄杆和攀爬梯級。塔樓七座象徵馬札爾七支部族所建國家，堡名由來是此地為中世紀的漁市場。由漁夫堡眺望瑪格麗特島、聖史提芬教堂、國會大廈和科學院，歷歷在目；明信片右邊，馬提亞斯教堂，左邊漁夫堡（圖 11）。

11 馬提亞斯教堂及漁人堡
銷 1985 年 5 月 17 日
布達佩斯首日紀念戳

b. 布達皇宮 Budai Kiralyi Vár

1241 年蒙古人來襲，勢如破竹，匈牙利軍隊無法抗拒，潰不成軍。翌年傳聞首領窩闊台逝世，大將拔都迅速撤兵回去。國王貝拉四世鑒於佩斯的平原地區，難於防禦外敵。將皇室遷到多瑙河西岸。1243 年新建皇宮，並築堅固城垣，以資保護。1387 至 1437 年之間盧森堡王室大力擴建皇宮，巴洛克式建築風格，當時規格為歐洲數一數二的宮殿。後來馬提亞斯國王增建兩側翼殿。1526 年土耳其大軍入侵，國王拉約修二世率軍迎戰，在莫哈奇之役大敗，國王殉難，領土損失大半。十七世紀末光復布達，皇宮殘破殆盡。1714 至 1723 年之間由哈布斯堡王室女皇瑪麗亞・泰瑞莎委託建築師普拉提重建。1810 年遭大火焚燬。1867 年奧匈帝國締約成立，匈牙利獲得更多的自主，擴建中央宮殿圓穹頂和兩側翼殿（圖 12）。

c. 國會大廈 Parlamento

1867 年匈牙利獲得獨立主權，創制憲法。國會大廈建於 1885 至 1904 年之間，占地 16,000 平方公尺，建築師伊謀瑞・史坦因迪採新哥德式建築風格，中央圓穹頂高 69 公尺，受文藝復興式的影響，兩側各有一座高塔，進深 268 公尺，寬度 118 公尺，莊嚴雄偉。屋頂豎立 88 位雕像，是匈牙利歷代國王、部族領袖和民族英雄。大廈四周為政府各部機關所在地，包括最高法院（圖 13）。

d. 多瑙河三角洲 Danube Delta

多瑙河流到下游平原，沿羅馬尼亞和保加利亞共同國界流淌，河中不斷出現小島，至切爾沃達轉向北流，流入加拉茲再轉東流，在圖爾恰附近進入多瑙河三角洲，注入黑海。三角洲河道分布甚廣，約略分為三大支流，最北為基利亞河，是羅馬尼亞和烏克蘭兩國界河，流水最多占三分之二。中間的蘇利納河水量不多，經整修河道截彎取直，是黑海進入多瑙河內陸的主要航道。南方的聖格奧爾基河，河道彎曲，支流分岐複雜。三角洲許多湖泊和沼澤，哺育 45 種多瑙河特有魚類，另有 16 種海魚，如鱘魚，產卵時逆流而上，在上游產卵，魚卵可做魚子醬，非常珍貴。如鰻魚則順流而下，到海中產卵。還有 3 百多種鳥類，其中 176 種在當地繁殖，鵜鶘是三角洲大型鳥類，嘴大而尖，有喉囊，喜群居，目前大約有 2500 對，卷羽鵜鶘即僅存 150 對，設置專區保護（圖 14）。

多瑙河水挾帶泥沙，每年約二億噸堆積在三角洲，面積超過 5500 平方公里。淤泥肥沃，蘆葦是強勢植物，到處生長，葉莖特高，覆蓋面積已達三分之二，對造紙、紡織纖維工業，提供材料不慮匱乏，大有貢獻。

2010 年 5 月第 22 期 中華原圖集郵會刊

Budapest　　　　　　　　　Királyi vár — Königl. Burg

12　布達皇宮
　　銷 1948 年 5 月 12 日
　　布達佩斯局戳

13　　國會大廈
　　　銷 1948 年 12 月 1 日
　　　布達佩斯局戳

14　多瑙河三角洲
　　銷 1979 年 7 月 14 日
　　圖爾恰局戳

紀行

作者簡介

黃永欽

1934 年生，世居嘉義。目前為退休公務員。

小學時受日式教育，初中後始習中文，熱中寫作，尤其喜愛以古典詞律作詩，曾從「麗澤吟社」蔡嘯滔先生習作古詩韻律，投稿稿費多用於購書。喜好武俠小說與各類文學作品，特別是歐、美、日的翻譯小說。閱讀之外，自年幼即養成多元興趣：書法、歌唱、集郵、各國錢幣收藏、自助旅行。每回旅遊必定自行規畫路線、製作原圖卡、撰寫遊記。

《紀行》為作者自 1995 年退休後旅遊、寫作之一部份，內容為他多年來拜訪聯合國教科文組織所認定的世界遺產時，細心製作、搜集或交換而來的原圖卡及其旅行紀錄。郵跡遍及歐洲、美加、日韓及東南亞諸國，組成遊記與集郵冊兼具的圖文 20 篇，既是原圖卡收藏的紀念，亦是台灣出版品中稀有的印記。

2010.10.05 09:44:10

與太太出遊 2010 年攝
双子星大樓連接天橋　·　馬來西亞

這種源於二十世紀初法國的另類集郵方式,結合「郵票」、「明信片」、「郵戳」、「旅行」的「極限卡」(中國大陸名稱),可比擬戲劇理論中所謂結構劇情的四個「W」要素:「Who」、「When」、「Where」、「What」,人在限制的時間、空間裡「故事」應運而生。一張原圖卡的製程,背後也具備許多時空限制要件:明信片與郵票的構圖愈接近愈好,這一點在現今電腦繪圖發達的年代,要尋求與票面接近的明信片極容易被刻意設計後印版取得;而構成一張原圖卡的意義與價值,對於父親這類行家,自有其鑑賞的角度,每一張郵票發行的時間／地區是有記錄可查的,而銷「郵戳」的時間與地點,自然與出票的時間／地區愈接近愈好,對製作原圖卡的藏家來說,有時過程深具個人意義的,在原圖卡的市場價格裡,不見得最有價值。

父親因興趣而博學多聞,製作原圖卡的動能,常常也是他計畫旅行的路線。上世紀 90 年代末,中華郵政出過台灣景點系列,出票前父親先奔走各景點尋覓各式不同拍攝角度、構圖的明信片,計畫安排好路線,票出當日,購妥郵票後,快速出發至最接近景點所在地的郵便局蓋上郵戳,銷戳的印記等同在畫面上落款,一張在極限時間內製成的原圖卡於焉誕生。

製作原圖卡得費許多準備功夫搜集資料,久而久之,父親養成寫遊記的習慣;父親喜歡鄰近國家旅行,行前他會做足功課,大量閱讀當地風土民情,甚至學習基礎的泰文、印尼文、韓文等的辨識,以方便與當地郵局溝通。退休後的父親嚮往成為背包客,他旅行的目的也極為單純,就是為了製作原圖卡,異國的原圖卡搜集讓父親有許多意料之外的情誼與收穫,有一回他在菲律賓山村遺失行李,警察找來當地唯一略懂潮州話的家族長輩協助,後來我們二家還曾互訪。跨國界的原圖卡搜集讓父親結識許多未曾謀面的郵友,他們會相互交換收藏,幫忙銷郵戳;通常原圖卡藏家會創造收藏的主題,或從旅程中結構主題,從原圖卡的原文「Maximum Card」,直譯為「極限卡」,似乎更能傳神地表達原圖卡的愛好者極盡所能在一個限制的範疇內、或去搜尋、或去完成自己所欲創作的主題內容。

本書收錄的原圖卡大多是父親自己構思旅行路徑所製得的。有時他獨行，有時母親隨行，讓父親在異鄉能專注尋覓明信片、郵票、與銷郵戳；有時先有郵票，才去找明信片，再至景點所在地的郵局銷戳印。在原圖卡收藏不發達的地區，得耐心解釋，拜託郵務員細心用印，有時語言不通，遇上無耐心或粗心的郵務士，郵戳位置沒蓋好，或蓋糊污損了，前功盡棄還得作廢重製。母親總是耐心守候一旁，等著父親挑選明信片，看著父親比手畫腳對著語言不通的郵務士說明意圖，看著他心滿意足捧著原圖卡步出郵局，深怕郵戳印記未乾，一路捧著，得走上好一段路，才細心以紙板夾妥、收置入袋。

原圖卡的搜藏讓父親生活饒富興味，每回北上參加原圖卡協會舉辦的展覽活動，讓父親退休生活憑添許多樂趣，也結識很多同好，得以相互交流分享。

能夠將父親私藏的一小部分原圖卡，在他八十歲時集結成書，要特別感謝林小乙，於忙碌的設計出版行程中，幾番撥空討論美編方向與紙張選擇、版面配置，貢獻獨到眼光與見解，同時感謝畫家吳孟芸的引見，得以結識小乙；以及感謝同事吳信意在美編細節上觀照協助，一遍又一遍調整重置，同事羅文岳、謝淳清、陳江浩在掃圖、打字等前置作業細心校對，沒有這些朋友的熱心付出，本書無法以此面貌呈現，同時感謝印刻出版社初安民先生讓父親的書順利出版，在此致上誠摯感謝。

文學叢書 387

紀行
我的旅行原圖卡 世界遺產紀行

作　　者	黃永欽
總 編 輯	初安民
責任編輯	施淑清
美術設計	林小乙　吳信意
校　　對	謝淳清　羅文岳　黃文英　黃永欽

發 行 人	張書銘
出　　版	INK印刻文學生活雜誌出版有限公司
	新北市中和區建一路249號8樓
	電話：02-22281626
	傳眞：02-22281598
	e-mail：ink.book@msa.hinet.net
網　　址	舒讀網http：//www.sudu.cc

法律顧問	漢廷法律事務所
	劉大正律師
總 代 理	成陽出版股份有限公司
	電話：03-3589000（代表號）
	傳眞：03-3556521
郵政劃撥	19000691 成陽出版股份有限公司
印　　刷	海王印刷事業股份有限公司

港澳總經銷	泛華發行代理有限公司
地　　址	香港筲箕灣東旺道3號星島新聞集團大廈3樓
電　　話	(852) 2798 2220
傳　　眞	(852) 2796 5471
網　　址	www.gccd.com.hk

出版日期	2014年2月　　初版
ISBN	978-986-5823-67-2

定　　價　　500元

Copyright © 2014 by Huang Yung Chin
Published by INK Literary Monthly Publishing Co., Ltd.
All Rights Reserved
Printed in Taiwan

國家圖書館出版品預行編目資料

紀行：我的旅行原圖卡 世界遺產紀行 /
　　黃永欽著；

　　--初版，--新北市：INK印刻文學，
　2014.02　面；　公分（文學叢書；387）
　　　ISBN　978-986-5823-67-2（精裝）
　　1.名勝古蹟 2.世界地理 3.集郵
　718.4　　　　　　　　　　　103000683